N° 199
ROMANS POUR TOUS

LE MESNIL-AU-BOIS
Par Charles DESLYS

10 centimes.
ROMANS POUR TOUS

# LE MESNIL-AU-BOIS

## PAR CHARLES DESLYS.

**I**

Il y a de cela dix ans, je reçus une lettre à peu près conçue dans ces termes :

« Mon cher ami,

« Je me marie dans huit jours, et je compte sur toi pour être l'un de mes témoins. Ne tarde pas. A ton arrivée, je te promets l'histoire de mes amours, un roman tout fait... etc., etc. »

C'était au commencement de juillet, par une chaleur tropicale. Je ne demandais qu'un prétexte pour quitter Paris ; ma malle fut aussitôt bâclée ; le soir même, j'étais en route.

Que faire en un wagon, à moins que l'on n'y songe ? Je me mis à réfléchir à la lettre de mon ami, le vicomte Roger de Fontanelle. J'avais oublié de vous dire son nom.

Il avait alors vingt-cinq ans et, si l'on en jugeait par les apparences, pour le moins autant de mille livres de rentes.

Ajoutez à cela beaucoup d'élégance et de distinction, un sourire de gentilhomme, de grands yeux bleus, des yeux de poète, une carnation d'enfant, des pieds et des mains à rendre jalouse une femme. Bref, le vrai type coquet et mignon du chevalier de Faublas.

Par exemple, c'était bien la tête la plus éventée, le plus romanesque cœur qui se puissent imaginer. Il jetait littéralement l'argent par les fenêtres, il avait fait maintes folies. Mais on lui pardonnait tout, mais on l'aimait en dépit de tout, car c'était, au demeurant, le meilleur garçon du monde.

Et il allait se marier !... et, qui plus est, se marier en province, en pleine Normandie ! Sa lettre était datée de la ferme du Mesnil-au-Bois, près Honfleur (Calvados).

Tout ceci cachait un mystère, ainsi qu'il est chanté dans la plupart des opéras-comiques.

Le lendemain matin, j'étais au Hàvre. Précisément, le bateau allait partir. Trente-cinq minutes plus tard, je débarquais à Honfleur.

Là, je fus un moment embarrassé. Roger m'avait bien écrit de le prévenir d'avance, afin qu'il pût venir me chercher avec la voiture, etc., etc. : mais dans ma précipitation, j'avais complètement oublié ce détail.

— Bah ! me dis-je, j'ai de bonnes jambes. Laissons les bagages à l'hôtel, et aventurons-nous pédestrement à la découverte du Mesnil-au-Bois.

Mais, ici, nouvel embarras.

Mon cher vicomte m'avait formellement enjoint, dans un *post-scriptum* tout spécial, de m'abstenir de questionner qui que ce fût sur son compte, se réservant le plaisir de tout m'apprendre lui-même.

— Demandons tout simplement le Mesnil-au-Bois, résolus-je, après quelques secondes de perplexité. Fontanelle ne saurait m'en vouloir de cette légère infraction à la consigne, et j'aurai la petite joie de le surprendre au gîte. Allons.

Mon hôte, lui-même, m'indiqua le chemin; je m'enfuis de crainte d'en entendre davantage, et je gravis lestement la côte de Grâce.

Est-il sur terre un plus délicieux point de vue? j'en doute fort. D'un côté, la mer, encadrée dans de grands arbres toujours agités par la brise; puis, dans le lointain, à l'horizon, le Havre avec toutes ses voiles et toutes ses fumées, le cap de la Hève avec ses dentelures et ses phares. Et tout cela vu de haut, comme si l'on planait. De l'autre côté, les vertes cours normandes, l'épaisse pelouse moutonnant au pied de vieux chênes, et la petite chapelle à demi-perdue sous la feuillée. Il n'est plus d'impies en face d'un tel spectacle. On sent en soi comme un vague ressouvenir du paradis, on en retrouve surtout l'espérance!

J'entrai chez la Notre-Dame des matelots, et, tout comme le plus fervent d'entre eux, j'y fis ma prière.

Puis le cœur content et le pied léger, je me remis en route.

C'est encore un charmant chemin que celui-là. Son étroite chaussée caillouteuse et ses deux larges trottoirs de gazon fleuri serpentent aux flancs de la colline, puis descendent dans le val, et, s'encaissant de plus en plus entre de hautes berges vertes, toutes plantées d'ormeaux et d'acacias, finissent par s'ombrer entièrement sous leurs ramures, réunies en forme de berceaux, et que parviennent à peine à percer quelques tremblotants rayons de soleil.

Souvent, à travers les haies, le regard retrouve une échappée; et toujours, à droite, c'est la mer; et toujours, à gauche, ce sont de luxuriants herbages, au bord desquels il y a parfois une bonne grosse vache familière, qui avance la tête et qui vous regarde passer. On se prend à rire alors... et, quelques pas plus loin à pleurer... à pleurer de joie! C'est le cœur qui déborde. Il est si gonflé de béatitude! on sent si bien le bonheur de vivre, quand on chemine la conscience nette et l'esprit libre, dans un de ces frais chemins-là!

— Pardieu! répétais-je de temps à autre, j'ai calomnié le vicomte. S'il a vraiment rencontré l'amour dans cet Eden, et s'il veut y fixer son nid, décidément c'est un grand sage.

Au bout d'une heure, cependant, peut-être bien deux, je commençai à trouver étrange de n'être point encore arrivé, à supposer que je m'étais perdu.

Fort heureusement, un âne m'apparut, surmonté d'une belle et rougeaude maritorne en bonnet de coton.

Je demandai le chemin, rien que le chemin du Mesnil-au-Bois.

Je lui tournais juste le dos. Mais, en obliquant par un certain raidillon, dans lequel chantait un ruisseau; en traversant à revers deux ou trois herbages, puis une grande pièce de blé, il m'était possible de rattraper une partie du temps perdu; je n'en avais plus que pour une petite heure.

— Une petite heure... très-bien compris! me dis-je.

Et ceignant mes reins comme pour une rude étape, je me remis en marche après un sourire.

Rien de frais, rien d'ombreux, rien de charmant comme le susdit raidillon. Les efflorescences lumineuses qui tremblotaient à travers les feuilles, le cristal liquide qui ruisselait au milieu des cailloux, les petits oiseaux effrontés qui sautillaient en gazouillant dans les haies, tout semblait me souhaiter la bienvenue, tout semblait me dire : « Sois notre ami. »

Mais, lorsque j'eus atteint les pâtures annoncées, quel changement! Plus un arbre pour m'abriter contre le soleil, qui, dépassant à peine son zénith, faisait resplendir chaque brin d'herbe comme une émeraude, et transformait au loin la mer en un immense miroir de diamant.

Ce fut bien pis encore, lorsque je me fus engagé dans la pièce de blé. Le sentier devenait si étroit, les épis étaient si drus et si hauts, que, sous l'ardente réfraction du soleil, il me semblait nager dans un vaste lac d'or.

Par instants même j'y perdais pied, et à ma grande satisfaction, car je me retrouvais alors un peu d'ombre; mais quelques pas plus loin, le chemin remontant de nouveau, de nouveau je me sentais torréfié comme en plein Sahara.

Et notez bien que je n'apercevais pas encore le plus petit Mesnil. En revanche, je voyais déjà le bois qui bornait la pièce de blé et de là s'étendait à perte de vue jusqu'au sommet des coteaux. Sur la droite, le ciel seul formait horizon; sur la gauche, perpendiculairement à la forêt, il était fermé par une longue clôture de grands ormes très-rapprochés les uns des autres, et qui, dans un seul endroit, laissaient entre eux une étroite et haute ouverture, comparable à un immense arc de triomphe, qui, majestueusement, se profilait sur l'azur du ciel.

— Allons jusque-là, me dis-je, en essuyant la sueur qui ruisselait sur mon front; mais si le Mesnil-au-Bois ne se montre pas encore à mes regards, ma foi, tant pis, j'y renonce.

La sente aboutissait précisément à l'arc de triomphe en question, lequel était clos par une simple barrière de bois : un barre, comme on dit plus brièvement dans le pays.

Je m'appuyai des deux coudes sur la traverse supérieure, et je regardai au-delà.

Dans une vaste prairie, toute parfumée de l'âpre senteur des foins à demi-séchés, de joyeux faneurs étaient en pleine activité de travail.

Je connais plus d'un paysagiste qui eût bien voulu être à ma place : il y avait là un ravissant tableau.

De grands gaillards aux bras nus, de belles filles au pittoresque déshabillé, des enfants rieurs et folâtres, tous armés de fourches et de râteaux, tous s'employant avec ardeur à retourner les herbes, tous bravant la fatigue et le soleil avec un énergique et joyeux entrain qui faisait plaisir à voir.

Je me trompe cependant. Dans cette bande active, il y avait un paresseux, un seul. Son grand chapeau de paille rabattu sur son visage, sa grande fourche traînant à l'abandon derrière lui, il s'écartait peu à peu de ses compagnons, et, bientôt à bout de force et de courage, il vint se coucher à l'ombre des ormeaux qui formaient l'entrée de la prairie, précisément à côté de la barre sur laquelle j'étais appuyé.

— Profitons de la fainéantise de ce gaillard-là pour avoir des renseignements, pensai-je aussitôt.

Et de crainte que le pauvre garçon ne fût endormi déjà, ce dont il me semblait fort capable, je m'empressai de lui crier à toute voix :

— Eh! l'ami... ohé! pourriez-vous me dire si je suis encore loin du Mesnil-au-...

Je n'achevai pas.

Il venait de relever la tête, et sous les ailes de ce rustique chapeau, sous ce tout agreste débraillé, je venais de reconnaître mon élégant et coquet vicomte de Fontanelle.

— Roger! fis-je avec étonnement; Roger... toi,... ici... sous ce costume!...

Il s'était déjà redressé, et, s'appuyant sur sa fourche, avec une gaieté quelque peu contrainte :

— Tu vois? répondit-il. Paysan... paysan à perpétuité... *O fortunatos nimium...*

Je n'en pouvais revenir encore.

— Comment! repris-je : c'est volontairement... et tu es satisfait...

— Dis donc heureux, ravi, enchanté! s'écria le vicomte avec un sincère enthousiasme.

— Ah! pour le coup, tu m'avais annoncé du mystère, mais en voilà...

— Ne t'ai-je pas promis un roman tout fait?

— A quand le premier chapitre?

— A l'instant même... Viens!

Quelques moments plus tard, nous étions assis tous les deux sous l'épaisse feuillée de la lisière du bois, et le vicomte commençait à peu près en ces termes :

## II

Mon passé t'est connu. Orphelin, je fus élevé par le frère de ma mère, M. Maniquet, un bon gros bourgeois, une sorte de Joseph Prudhomme, qu'on m'avait donné pour tuteur. Je lui dois cette justice qu'il ne contraria jamais une seule de mes fantaisies, qu'il ne me refusa jamais d'argent. Aussi, tu le sais, j'allais bien. Passons.

Vers la fin de l'automne dernier, le hasard m'amena au Havre; une partie de chasse avec quelques amis, des fous comme moi.

Un soir que nous flânions sur la jetée, la mer étant très-grosse, je proposai une promenade au large.

Chacun aussitôt de crier à l'imprudence, à l'impossibilité.

Je suis de ces grands enfants gâtés qui, dès qu'on conteste leurs caprices, en font immédiatement des volontés. Tu vois d'ici la scène, n'est-il pas vrai? Malgré ma persistance, malgré mes railleries, personne ne me céda, personne ne consentit à m'accompagner. Naturellement je m'entêtai de plus en plus; et, pendant ce temps-là, le vent, qui mugissait autour de nous, augmentait encore de violence.

— Soit! — m'écriai-je à la fin. J'irai seul.

— Tu n'oseras pas.

— Parions.

— Inutile. — Tu ne trouveras pas un patron de canot qui veuille t'emmener seulement jusqu'au bout de la jetée.

— Parions... cinq mille francs qu'avant un quart d'heure je suis en pleine mer.

— Cinq mille francs!

— Vous êtes cinq, c'est mille chacun. J'en mets à moi seul autant que vous tous. Total : dix mille francs pour le matelot qui sera assez audacieux pour me servir de guide.

Et j'avais élevé la voix.

Non loin de là, une espèce de marin était assis sur le parapet, les jambes pendantes, l'oreille attentive à la ritournelle de la tempête et le regard perdu vers l'horizon en feu.

Il se leva tout à coup et s'avançant vers moi :

— Monsieur, dit-il, je prévois un fort grain... il y va de la vie!... Mais j'ai six petits enfants, et je risquerai la mienne de grand cœur pour leur laisser cet héritage... Je suis votre homme!

Je vivrais cent ans que je n'oublierais jamais la figure bronzée, le grand front chauve, l'héroïque et calme regard de ce sublime père de famille. Oh! son souvenir tourmentera toujours mon sommeil, et bien souvent encore je le reverrai dans mes rêves, me saluant avec un sourire, et son bonnet de laine à la main!

Ce que la vanité me fit commettre ce soir-là... tiens... c'est infâme! Mais que veux-tu? nous sortions de bien dîner, nous avions tous du champagne dans la tête... Enfin... que Dieu me pardonne!

Et j'eus plus d'une heure, cependant, pour réfléchir, car Pierre Terruel (mon matelot se nommait ainsi), était un Normand, et voulait que les affaires d'intérêt se fissent en règle. Il lui fallut ses dix mille francs bien comptés, billets de banque. Moi-même je les renfermai dans une enveloppe que je cachetai; moi-même (car Pierre ne savait pas écrire), j'y mis cette suscription : « Pour ma femme et mes enfants, si je ne suis pas de retour à la marée de demain matin. »

Puis, escorté de deux de mes compagnons, mais sans explication aucune, il alla déposer ce testament chez un notaire.

Pauvre Terruel! Il voulait bien s'exposer à mourir pour doter les siens, mais il voulait être assuré du moins qu'ils hériteraient du prix de son dévouement.

Quand nous revînmes sur le port, quand nous entendîmes bondir par-dessus les digues la mer en furie, comment ne nous arrêta-t-on pas? Comment moi-même n'eus-je pas horreur de jouer ainsi la vie d'un homme? Comment ne reculai-je pas, épouvanté? Je ne me l'explique pas... il y a des fatalités!

Un instant après, nous étions dans le canot. Pierre l'éloigna du quai par un vigoureux coup de rame, et, comme la mer baissait, nous fûmes tout aussitôt entraînés dans le chenal.

Le pari, cependant, n'était pas encore gagné. Loin de là, il semblait impossible que nous franchissions la passe, car les lames furibondes, qui déferlaient contre les jetées, reformaient incessamment entre elles comme autant de montagnes toutes pleines de fracas et d'écume.

Tout le monde était accouru sur le môle, afin d'assister à cet étrange spectacle; au premier rang de la foule, se trouvaient les complices de ma folie. Ils avaient commencé par des applaudissements et des bravos; mais quand la lutte s'engagea réellement entre cette pauvre petite barque et ces épouvantables vagues, ils se turent tout à coup, ils n'osèrent plus que regarder, terrifiés et béants.

Moi aussi, je l'avoue, j'avais peur.

Terruel seul conservait une puissante et superbe impassibilité.

Il y eut un moment, moment terrible, où la barque soulevée par une vague monstrueuse, sembla devoir se briser en retombant contre le granit de la digue.

Un cri s'échappa de toutes les bouches; sous la lueur du phare, qui seul éclairait ce tableau, j'entrevis tout le long du parapet des visages affreusement pâles; il n'y avait là personne qui ne nous crût perdus!

Mais non, Pierre avait su triompher une fois encore du péril, et le canot, emporté par la violence même du reflux, venait de faire en une seconde un incroyable chemin : nous étions en mer.

Une acclamation involontaire retentit parmi les spectateurs, et tous en même temps nous crièrent :

— Revenez! revene...!

Ce ne fut pas parce que ma victoire était hautement reconnue, ce fut parce que je commençais à sentir en moi l'aiguillon du remords, que je me rapprochai vivement de Terruel, et qu'à mon tour je lui dis :

— Assez, Pierre... assez... rentrons!

— Il est trop tard maintenant! répondit-il. Ne voyez-vous pas que la marée, que le courant, que le vent nous poussent au large, et que nulle puissance humaine ne saurait nous faire revenir au port avant demain matin? Dieu nous ait en pitié, nous n'avons plus d'espoir qu'en lui!

En effet, déjà je n'apercevais plus le môle; pour ceux qui s'y trouvaient, nous devions avoir disparu dans la nuit.

Nuit horrible dont le seul souvenir me fait encore palpiter

d'épouvante. La tempête augmentait, augmentait toujours, et notre frêle embarcation, bondissant comme une coquille de noix à la crête échevelée des vagues énormes, retombait parfois d'une si formidable hauteur, qu'on eût dit qu'elle allait à ... jamais s'engloutir dans les profondeurs de l'Océan.

Mais, grâce à l'habileté, à la force et surtout à l'admirable présence d'esprit de Terruel, le canot se redressait encore ; il remontait toujours.

Au sortir d'une de ces énervantes épreuves, je demandai tout à coup à mon guide :

— Au moins, Pierre, savez-vous nager ?

— Non, me répondit-il sans la moindre émotion, et, qui plus est, je ne voudrais pas savoir.

— Comment !

— A quoi servirait de vouloir lutter à une pareille distance et par une semblable mer ? à souffrir plus longtemps. Non, non ; mieux vaut couler bas tout de suite. Au moins, c'est plus tôt fini.

J'eus froid dans le dos ; je fermai les yeux, et, me cramponnant au bordage, je me surpris à murmurer une prière.

Pierre aussi priait, mais franchement et tout haut ; en relevant la tête, un éclair me le montra agenouillé, et je l'entendis terminer ainsi son oraison :

« Si je meurs, mon Dieu ! pardonnez-moi d'avoir aventuré ma vie pour enrichir ma femme et mes enfants. Ayez pitié de nous, Seigneur ! ayez pitié surtout d'eux et d'elle ! »

Et, reconforté par cette prière, il se rassit au gouvernail.

Mais que pouvait-il, hélas ! contre un tel ouragan ? lutter une heure encore, deux heures peut-être... que sais-je ? moi ! je n'avais plus conscience de rien ; je ne comprenais plus qu'une chose, c'est que je me repentais, c'est que mes cheveux se hérissaient d'effroi, c'est qu'au prix de toute ma fortune j'eusse voulu racheter ma vie et celle de Pierre, c'est que j'avais peur de mourir !

Que te dirai-je enfin ? Le moment fatal arriva... Une rafale plus violente que toutes les autres étreignit la barque et la retourna, la brisa... Je me sentis emporté, roulé, étouffé par des montagnes d'eau... Je me souviens que je savais nager, moi.., Oh ! Dieu n'est pas juste... C'était Pierre Terruel qui méritait le salut, et c'est moi seul qui fus sauvé !

— Pauvre Pierre ! tu le sais, j'ai pris soin de la femme et de tes enfants ; j'ai doublé, triplé leur héritage... Mais ma faute n'est-elle pas de celles qui ne se rachètent point avec de l'argent ! Mais ai-je bien le droit d'être heureux !

### III

Lorsque je revins à moi, j'étais couché dans une chambre rustique, mais d'une excessive propreté, voire même d'une sorte de coquetterie naïve.

A travers la fenêtre entr'ouverte, et tout enfestonnée au dehors par les lianes d'un rosier grimpant, je voyais se balancer au souffle du matin les hautes branches des pommiers encore humides de l'orage. Jamais les petits oiseaux, qui chantaient dans les alentours, n'avaient fêté ciel plus pur et plus fraîche aube de printemps !

Etonné, indécis, ne sachant encore si je dormais ou si j'étais éveillé, si j'étais vivant ou si j'étais mort, j'essayai de me soulever ; mais, tout aussitôt, je ressentis par tout le corps de vives douleurs qui m'arrachèrent un cri, et je retombai sur l'oreiller.

Déjà le bruit d'une chaise qu'on dérange s'était fait entendre ; une ombre se dessina sur les rideaux blancs, et presqu'aussitôt, dans l'espace qu'ils laissaient entre eux, une jeune

fille m'apparut. si douce et si belle, que décidément je me crus dans le ciel, sous la garde de mon bon ange.

Il y eut un long silence durant lequel elle continua de me regarder en souriant.

Le sentiment de la réalité ne tarda pas cependant à me revenir : je fis un second mouvement, je voulus interroger.

Elle mit un doigt sur ses lèvres, et de l'autre me fit un signe charmant qui disait : Ne parlez pas...... c'est défendu..... dormez !

De plus en plus charmé, et d'ailleurs alourdi par une étrange fatigue, j'obéis.

Plusieurs autres fois dans la même journée, j'eus une semblable vision ; et toujours, à chaque réveil, l'angélique jeune fille se retrouva à mon chevet, souriant de son céleste sourire, et, du geste, me commandant l'immobilité, le silence.

Docile comme un enfant malade, j'abaissais aussitôt mes paupières, mais sans les refermer entièrement, et je ne songeais même plus à questionner, car je me trouvais si heureux ainsi, que j'eusse voulu que cela durât toujours.

Combien de temps ce fiévreux état se prolongea-t-il ? Je ne te le dirai pas au juste ; mais je vis bien des fois arriver la nuit, bien des fois renaître le soleil. D'autres amis inconnus partageaient avec la jeune fille le soin de me veiller. Ce fut d'abord une vieille paysanne, dont le calme visage eût admirablement figuré sous la coiffe d'une sœur grise ; une fille de ferme, aux allures alertes, au nez retroussé, à la mine joviale et franche ; puis, enfin, un robuste et gros paysan, qui, bien que jeune encore, semblait être le fermier lui-même.

Tous ils paraissaient écouter la jeune fille avec une sorte de vénération, et lui être entièrement soumis.

Tour à tour je tentai d'obtenir de chacun d'eux quelques renseignements ; tour à tour ils me répondirent :

— Mademoiselle Bernardine ne veut pas qu'on vous fasse parler... Taisez-vous et dormez... c'est l'ordre de mademoiselle Bernardine.

Je n'en pouvais douter, c'était d'elle qu'il s'agissait : elle s'appelait Bernardine.

Il y avait encore, j'oubliais de te le dire, un gros homme à figure rougeaude, à façons quelque peu brutales, que j'avais reconnu, dès le premier coup d'œil, pour un médecin de campagne, et qui, régulièrement chaque matin, venait inspecter l'inextricable réseau de bandelettes dans lequel j'étais empaqueté ni plus ni moins qu'une momie égyptienne.

Un jour enfin il s'écria :

— Victoire ! il est sauvé... j'en réponds, et je lève la consigne ; on peut lui parler ; il peut parler maintenant !

Je te laisse à penser si j'abusai, séance tenante, de la permission. C'est à peine si Bernardine, si le docteur, si la vieille paysanne et si la jeune servante suffisaient à me répondre. Quant au fermier, lui seul il n'était pas là.

— Jeune homme, avait tout d'abord commencé le docteur, vous pouvez vous flatter d'en revenir d'une belle ; mais ce n'est pas à moi qu'il faut en attribuer le principal honneur : c'est à mademoiselle, un ange pour les malades.

Et il me montrait Bernardine.

Elle rougit légèrement, et prit la parole à son tour :

— Le seul d'entre nous qu'il faille remercier, monsieur, c'est celui qui vous a arraché à la tempête : c'est le maître de cette maison, c'est Jacques.

La vieille paysanne leva les yeux et les mains vers le ciel comme pour le prendre à témoin de ce qui venait d'être dit ; la pétulante servante voulut l'expliquer ; mais Bernardine, lisant dans mes yeux que c'était d'elle seule que je désirais des éclaircissements, lui fit signe de se taire et poursuivit :

« La nuit de l'ouragan, Jacques revenait de Trouville par la plage. Tout à coup, à la lueur d'un éclair, il aperçut un canot que le vent poussait vers les roches noires, au milieu desquelles il allait infailliblement se briser. En un lieu pareil et par une pareille nuit, personne autre que Jacques n'eût osé porter secours à des malheureux en péril ; c'était tenter la mort.

« Mais Jacques est brave autant qu'il est bon. Il descendit de cheval, il se jeta à la mer, et, malgré la presque certitude d'être brisé parmi les roches, il nagea résolûment vers l'endroit où il avait vu sombrer la barque.

« Trois fois il fut rejeté sur la plage, trois fois il retrouva le courage d'affronter la tempête ; et, après des efforts inouïs, il parvint enfin à vous saisir et à vous ramener à l'abri des vagues.

« Mais vous aviez perdu connaissance, mais le flot vous avait tellement roulé, heurté, meurtri dans les récifs, que votre corps n'était qu'une plaie saignante, que tous vos membres paraissaient rompus, et Jacques eut un instant la crainte de n'avoir sauvé qu'un cadavre !

« Lui-même il était épuisé, presque évanoui. Mais, le dévouement lui redonnant de nouvelles forces, il vous mit en travers de son cheval, et repartit au galop pour le Mesnil-au-Bois.

« Vous savez le reste, » termina Bernardine.

Puis étendant la main vers la porte, sur le seuil de laquelle venait d'apparaître le jeune fermier, elle ajouta :

— Et voici Jacques !

C'était bien la plus loyale et la plus vaillante figure d'homme des champs qui se puisse imaginer. Mais à quoi bon te faire son portrait et celui de Bernardine? Dans une heure tu vas les connaître tous les deux ; ce soir même ils seront tes amis.

A l'aspect de Jacques, j'avais retourné la tête vers le médecin, et je m'étais écrié :

— Docteur, ôtez-moi donc toutes ces bandelettes, ou tout au moins délivrez-moi les mains pour que je puisse serrer celles de mon sauveur !

Le médecin y consentit avec empressement ; presque aussitôt les deux mains de Jacques étaient dans les miennes.

C'était une de ces fortes natures qui sont en même temps très-timides ; il rougit jusqu'aux oreilles, et balbutia gauchement quelques paroles inintelligibles.

Déjà je m'étais retourné vers Bernardine.

— Mademoiselle, lui dis-je d'une voix émue, à vous aussi je dois la vie, à vous aussi, merci, merci !

Et du regard en disant bien davantage, je lui tendis à son tour la main.

Elle y mit la sienne ; mais comme j'allais y poser mes lèvres, elle la retira en rougissant.

Puis ce fut le tour de la gaillarde servante, qui, riant et pleurnichant tout à la fois, crut devoir me déclarer qu'elle était toute à mon service, et cela foi de Pétronille Bazu !

Quant à la vieille paysanne, elle ne répondit pas un mot de remerciement, mais elle me fit une grave révérence.

— Docteur, dis-je enfin au médecin, pardonnez-moi de vous avoir gardé pour le dernier, mais...

— Oh ! oh ! interrompit-il brusquement, ce n'est pas fini. Bien que je n'aie constaté aucune fracture, et que je ne soupçonne aucune lésion interne, nous en avons encore pour quinze grands jours d'alitement sans compter la convalescence.

— Quinze jours ! me récriai-je. Oh ! c'est impossible.

— Il le faut !

— Mais je ne puis rester davantage ici ; ce serait abuser.

Bernardine ne me laissa pas achever.

— Le Mesnil-au-Bois n'est qu'une pauvre métairie, dit-elle avec son adorable sourire ; mais c'est avec une joie toute chrétienne qu'on y exerce l'hospitalité. N'est-il pas vrai, Jacques?

Jacques s'inclina en signe d'acquiescement, et bien qu'avec une certaine froideur ajouta :

— Monsieur peut demeurer ici tant qu'il le voudra ; il y sera traité comme un ami, comme un frère.

Ce dernier mot provoqua chez tous les assistants un franc chœurs approbatif.

Le soleil couchant, dont les rayons obliques faisaient chatoyer le feuillage embaumé de la fenêtre, éclairait doucement toutes ces bonnes figures hospitalières, et créait tout à l'entour de mon lit un charmant tableau.

Je sentis une larme rouler sur ma joue, et du geste seulement je pus répondre :

— Je reste.

Ce fut alors une satisfaction, un va-et-vient, un empressement à exécuter les derniers ordres du docteur, qui me souhaitait une bonne nuit, et, d'un ton robustement convaincu, me disait :

— Vous avez raison, jeune homme. Un malade ne saurait être mieux qu'ici ; voyez-vous bien ! vous êtes chez de braves gens.

Là-dessus, il sortit avec Jacques, et je ne tardai pas à entendre au dehors le trot de son bidet sur le chemin caillouteux de la ferme.

La vieille paysanne aussi s'apprêtait à battre en retraite, mais non sans être venue prendre congé de moi par la silencieuse et grave révérence qui semblait lui être habituelle.

Puis, se tournant vers Bernardine :

— C'est l'heure du souper, dit-elle, il ne faut pas faire attendre Jacques, mon enfant. Viens-tu?

— Je vous suis, répondit d'une voix affectueuse la jeune fille. Allez... allez toujours, tante Rose!

C'était le dernier nom qui me restait à apprendre : la vieille était une tante et s'appelait la tante Rose.

Quant à Pétronille Bazu, nous étions déjà les meilleurs amis du monde; elle trottinait à l'entour de ma couchette de sapin, tout en me faisant mille rustiques prévenances; elle arrangeait son casaquin d'indienne, elle enfonçait son bonnet de coton jusque sur son nez retroussé d'une certaine façon qui voulait dire :

— C'est moi que je vas passer cette nuit-ci auprès de vous.

Bernardine vint l'interrompre, en lui faisant signe d'aller souper, ordre que Pétronille accueillit avec le plus sincère empressement.

Sa jeune maîtresse allait la suivre ; mais elle s'arrêta tout à coup, et, rebroussant chemin jusqu'au pied du lit :

— Monsieur, me dit-elle, je crois bon de vous prévenir que le facteur vient tous les matins apporter et prendre les lettres au Mesnil. Depuis votre accident, personne ne doit savoir ce que vous êtes devenu; on vous croit mort peut-être! Il faut écrire dès demain à vos amis...

— Mes amis, répétai-je avec une certaine amertume. Oh! les meilleurs, les seuls que j'ai sont ici !

— Mais, votre père?

— J'avais dix ans lorsque je l'ai perdu.

— Votre mère?

— Le lendemain de ma naissance, elle est morte!

A ce dernier et triste aveu, Bernardine se recula vivement ; ses grands yeux attendris s'agrandirent davantage encore, et ce fut avec l'accent d'une douloureuse sympathie, d'une commisération profonde, qu'elle s'écria :

— Lui aussi, pauvre jeune homme, pas de mère!

Et elle sortit lentement.

Une fois seul, je tombai dans un état assez difficile à l'expliquer. La douleur déjà lointaine de mes blessures, l'affaiblissement d'un long jeûne, le retour de la fièvre qui me reprenait à l'entrée de chaque nuit, les douces émotions que je venais d'éprouver, l'ineffable souvenir de Bernardine, tout contribuait à me plonger dans une vague béatitude, dans une étrange *morbidezza* qui n'était ni la veille ni le sommeil, mais qui réunissait, qui confondait délicieusement ce que le rêve et la rêverie ont de plus doux.

Peu à peu, cependant, je m'endormais... je le sentais bien... mais je ne voulais pas encore dormir.

Un secret instinct me disait qu'après le souper, en ramenant Pétronille, Bernardine reviendrait encore.

Bientôt, en effet, au moment même où je commençais à ne plus percevoir la r.... é des choses, à travers mes paupières à demi-fermées, j'entrevis la porte qui se rouvrait doucement, et sur le seuil... Bernardine !

Immobile, recueillie, et comme baignée dans les dernières lueurs du jour qui s'harmonisaient avec l'incertaine clarté de la veilleuse nocturne, elle était debout sur le seuil, et je crus l'entendre une seconde fois murmurer :

— Il n'a plus de mère. Pauvre jeune homme !

Puis enfin mes yeux se fermèrent tout à fait, et je m'endormis profondément. Mais il me sembla que la souriante image de mon bon ange m'accompagnait jusque dans mon sommeil, et que, les deux mains jointes au-dessus de ma poitrine ainsi que pour une enfantine prière, incessamment je répétais :

— Bernardine ! Bernardine !

## IV

Le lendemain, à mon réveil, un joyeux rayon de soleil matinal égayait la chambrette, et tout d'abord j'aperçus Pétronille qui, laissant tomber sa tête et la relevant tour à tour, ronflait à cœur joie sur sa chaise.

A ce disgracieux bourdonnement se joignait un autre bruit d'une toute différente nature, mais dont je ne pus me rendre un compte exact qu'après un certain temps d'attention.

C'était le chant d'un piano, touché par des mains habiles et avec un véritable sentiment musical.

Un piano dans une ferme, c'était déjà quelque chose d'assez étrange ; un piano dont on savait tirer de tels accords, cela tenait tout à fait du prodige.

Je me soulevai doucement, j'avançai la tête hors du lit pour mieux entendre.

Bien que l'instrumentiste semblât s'étudier à jouer en sourdine, et Pétronille se réveilla en sursaut.

— Chut !... dis-je vivement, laisse-moi écouter encore.

— Ecouter, quoi ?

— Chut, donc !

Pétronille obéit enfin et resta immobile, mais l'air tout ébaubi, et dans une attitude burlesque.

Quelques instants après, tout bruit cessa.

— Qui donc vient jouer ainsi du piano, demandai-je alors à Pétronille ?

— Eh ! pardi ! c'est mademoiselle Bernardine.

— Elle ?... une paysanne ?

— Paysanne !... oh ! que nenni, monsieur ; elle n'en a que l'accoutrement. Mais, au fin fond, voyez-vous bien, c'est une demoiselle.

— Mais comment peut-il se faire ?

— Ah ! voilà !... Mais, chut ! j'entends les sabots de la tante Rose dans l'escalier ; elle va s'arrêter sans doute ici. Demandez-lui le pourquoi de la chose ; c'est elle surtout qui est à même de bien vous expliquer ça.

En effet, au moment même où Pétronille achevait de parler, la porte glissa discrètement sur ses gonds, et j'aperçus la tante Rose.

Sans prononcer un seul mot, sans même desserrer ses lèvres un peu rentrées en dedans, elle s'avança jusqu'au milieu de la chambre, fit un temps d'arrêt pour sa révérence caractéristique, reprit sa marche jusqu'auprès du lit, me tâta le pouls d'un air doctoral, et après une grimace de satisfaction, après une seconde révérence identiquement semblable à la première, elle parut vouloir s'en aller comme elle était venue.

Mais je la retins par le bras :

— Bonjour, tante Rose... et pardon de ne pas vous avoir suffisamment remerciée hier soir, car, je le vois maintenant, vous êtes pour beaucoup dans ma guérison. Asseyez-vous donc là, tante Rose, et causons un peu.

Sans me répondre autrement que par un hochement de tête, elle prit place sur la chaise laissée vacante par Pétronille.

Je commençai alors toutes sortes de câlineries, de manœuvres diplomatiques, dans le but d'obtenir les renseignements que je désirais sur Bernardine.

Mais ce fut en vain ; la tante Rose était un vrai Metternich en jupons ; elle ne me répondit que par des monosyllabes insignifiants, souvent même par de simples gestes, et je désespérais déjà d'apprendre quelque chose, lorsque j'eus occasion de prononcer le nom de Jacques.

Alors, oh ! la scène changea tout à coup, et la langue de la tante Rose, se déliant comme par enchantement :

— Jacques ! dit-elle avec l'expression d'une admirative tendresse, mon cher Jacques, oh ! c'est un brave cœur. Bien que notre apparentage remonte un peu haut, car c'est seulement son grand-père qui était mon neveu, je l'aime, voyez-vous bien, comme s'il était mon petit-fils... ce qui se pourrait quant à l'âge, et avec du surplus encore, car telle que vous me voyez, monsieur, j'ai près de quatre-vingts ans.

— Vraiment, tante Rose !

— Pour peu que vous en doutiez, monsieur, je vous montrerai mon baptistère ; mais c'est aussi bien écrit sur mon visage que sur le papier jauni de l'acte. Parchemin pour parchemin, mon bon monsieur ! Aussi je ne sers plus à grand'chose dans la maison ; mais Jacques est bon pour moi, bien bon ! comme avec tout un chacun, d'ailleurs... comme avec Bernardine... Oh !... oh !... c'est au vis-à-vis de celle-là surtout qu'il a bien agi !

— Ah ! ah !... contez-moi donc ça, tante Rose.

Et, comme tu le penses bien, j'étais tout oreilles.

Grâce à Dieu, Jacques allait jouer un grand rôle dans cette histoire, et la tante Rose, cette fois, ne se fit pas prier :

— Vous savez combien j'ai d'amitié pour mon petit-neveu, reprit-elle. Eh bien ! j'aime pour le moins autant Bernardine. Damel c'est tout simple, j'ai été la nourrice à défunte sa pauvre mère ! ...! oh ! il y a longtemps de cela ! c'était alors la plus riche ..... d'Honfleur ; mais sitôt que la pauvre chère dame s'en fut allée, les choses commencèrent à tourner à mal. Je m'y opposai tant que je pus, monsieur, car c'était moi qui tenais le ménage ; c'est moi qui ai élevé Bernardine. Son père n'avait souci de rien, monsieur, et sa désolation était grande. Pour surcroît de malheur, une année survint où beaucoup de vaisseaux périrent en mer, et comme M. Duvernay était armateur, il essuya de nombreuses pertes, et fut forcé de tout vendre, à l'exception des deux ou trois fermes, dont celle-ci, que depuis plusieurs siècles les Grandchamp tenaient à fermage de père en fils. Les Grandchamp, monsieur, ce sont les ancêtres de Jacques : Jacques Grandchamp !

Et la tante Rose prononça ce nom avec autant d'orgueil que s'il eût été question des Larochefoucauld ou des Montmorency.

Je me gardai bien de l'interrompre en si beau chemin, elle poursuivit :

— M. Duvernay ne s'en tint pas là, et malgré mes conseils (il me demandait parfois avis), je le vis avec chagrin partir pour la capitale, dans l'espérance d'y relever sa fortune. Vers le même temps, ma pauvre chère petite Bernardine était entrée au couvent de Lisieux. Je restai toute seule à Honfleur, dans la maison Duvernay, une grande maison, maintenant vide, et déjà toute délabrée : c'était bien triste! Et puis, jamais rien que de mauvaises nouvelles de Paris; il y avait comme une fatalité sur mon maître... son bon ange était parti... et tous les efforts qu'il faisait pour reconquérir l'héritage de sa fille, ne servaient qu'à hâter davantage encore sa ruine. Tous les ans, à l'époque des vacances de Bernardine, il revenait passer quelques jours avec nous, mais toujours plus triste encore et plus cassé que l'année précédente, mais chaque fois pour vendre une des fermes qui lui restaient. Arriva enfin le tour du Mesnil-au-Bois! Ce fut Pierre Grandchamp, le père de mon Jacques, qui s'en rendit acquéreur, et c'est un héritage qu'il a laissé depuis à son fils.

— Comment! me récriai-je, comment, c'est Jacques qui est propriétaire de la ferme! mais quelle est donc ici la position de mademoiselle Bernardine?...

— Patience... patience! interrompit la tante Rose, vous allez voir. Cinq années jour pour jour après la mort de sa femme, M. Duvernay s'en alla la rejoindre, et comme il laissait plus de dettes que d'avoir, les huissiers succédèrent aux croque-morts, et tout, sans exception, devint leur proie. On me mit à la porte, monsieur; et vieille, je sortis de cette maison, dans laquelle j'étais entrée toute jeune! Elle me rappelait quasiment tous les souvenirs de ma vie; je restai longtemps assise sur le seuil, et je pleurai... oui, monsieur... et tenez, rien qu'en y repensant, je me sens encore des larmes dans les yeux...

— Pauvre tante Rose! fis-je avec un sincère attendrissement.

— Lorsque je relevai la tête, reprit-elle, Jacques était devant moi; il avait tout appris, et venait me chercher pour me conduire au Mesnil. — J'accepte avec reconnaissance, lui dis-je; mais mademoiselle Bernardine? — N'est-elle pas très-bien au couvent de Lisieux? fit-il. — Sans doute, et comme elle n'a encore que treize ans, c'est un grand malheur qu'elle ne puisse y rester! — Pourquoi n'y resterait-elle pas? — Parce que M. Duvernay ne laisse rien, absolument rien, et qu'il faut payer... — Je paierai, moi. — Tu ferais cela, Jacques! — Et pour que mademoiselle Bernardine n'en soit pas humiliée, tu lui diras, tante Rose, que son père mourant l'a remis une grosse somme d'argent. Oh! pour le coup, monsieur, je sautai au cou de Jacques. — C'est à M. Duvernay que je suis redevable du peu que je sais, répondit-il, n'est-il pas tout simple que j'acquitte ainsi ma dette? — Là-dessus, je l'embrassai une seconde fois, et sur les deux joues encore. Puis bras dessus bras dessous, et tous les deux le cœur bien content, nous prîmes le chemin du Mesnil-au-Bois. Voilà ce qu'a fait Jacques, monsieur. N'est-il pas vrai que c'est un honnête homme, et qu'il mérite bien qu'on l'aime?

— Assurément, tante Rose; mais depuis ce temps-là, depuis...

— Bernardine est restée au couvent de Lisieux jusqu'à l'âge de dix-huit ans; puis, comme elle était déjà une grande et belle demoiselle, Jacques s'est fait un devoir de donner suite à son pieux mensonge, et il lui a dit : Mademoiselle Bernardine, la tante Rose a encore de l'argent à vous, et vous pourriez aller demeurer avec elle à la ville. Mais outre les amers souvenirs qui renaîtraient sous chacun de vos pas, deux femmes seules... c'est bien triste, et peut-être aussi un peu imprudent. Il vous faut un protecteur; voulez-vous permettre que je sois le vôtre? Il vous faut une demeure bien animée, bien vivante, voulez-vous consentir à habiter le Mesnil-au-Bois? La ferme et le fermier sont tout à vous... venez!... — Naturellement, Bernardine a accepté, et depuis tantôt deux années, je ne crois pas qu'il y ait au ciel un petit coin de terre où l'on vive plus tranquillement et de meilleur accord qu'ici!

— Je vous crois sans peine, tante Rose. Oh! oui, certes... je vous crois.

— Mais, comme tant d'autres, vous vous étiez figuré que Bernardine était propriétaire et maîtresse. Propriétaire, non; maîtresse, oui... maîtresse obéie avec bonheur, maîtresse bien-aimée. Elle est si savante, ma Bernardine, si

douce et si bonne! Et puis, que de talents, que de savoir, que de charmes! Sa présence a fait de cette ferme un vrai château; les enfants du pays la regardent comme une fée, et les pauvres comme une sainte. Si vous saviez les soins qu'elle a pour moi, et combien elle m'aime! Si vous saviez quelle reconnaissance elle a pour Jacques! Et cependant elle ne connaît pas la vérité tout entière. Faut rien lui dire : c'est un secret.

En prononçant ces derniers mots, la tante Rose eut un accent et une physionomie si étranges, que je ne pus m'empêcher de lui dire :

— Mais d'où vient donc que ce secret vous me le confiez ainsi, à moi, un étranger, un inconnu?

— Ah! voilà, fit-elle avec un clignement d'yeux, avec une grimace si enfantinement malicieuse que je ne pus m'empêcher de sourire.

Elle reprit aussitôt son air digne, et se leva.

Mais ce fut en vain que je cherchai à obtenir l'explication de ses dernières paroles : elle sembla ne pas m'entendre, et conclut ainsi :

— Aimez bien mon Jacques, monsieur, et si jamais vous pouvez faire quelque chose pour son bonheur, n'oubliez pas qu'il vous a sauvé la vie. Je suis bien votre servante.

Et elle se retira.

Pétronille aussitôt rentra de la pièce voisine, dans laquelle la tante Rose l'avait préalablement congédiée, et, s'approchant du lit avec de grands airs stupéfaits :

— Ah ben! vous pouvez vous vanter de faire des miracles... Jamais la vieille n'en a tant dit!

— Tu écoutais donc, toi?

— Non, monsieur, se récria Pétronille, mais en rougissant un peu. Je n'ai entendu que le bruit de sa voix... En a-t-elle dégoisé, mon doux Jésus! Elle qui reste quèque fois toute une semaine sans dire un mot... Ah ben! ah ben!... en v'là une sévère!

Et la digne Pétronille n'en pouvait revenir encore.

— Dis-moi, lui demandai-je, comprends-tu, toi, comment et pourquoi la tante Rose m'a fait tant d'honneur?

— Ah!... je ne sais point.

Décidément, lubie de vieille femme ou but caché, le bavardage de la tante Rose restait un mystère.

Ce mystère, à l'heure qu'il est, je ne l'ai point encore deviné; si tu es plus habile que moi, mon cher ami, tu m'en feras part.

En ce moment, d'ailleurs, j'oubliai complètement la tante Rose et son histoire. La porte venait de s'ouvrir de nouveau, Bernardine entra.

## V

— Déjà réveillé!... dit-elle. O mon Dieu... c'est peut-être moi, avec mon piano?... Oh! je n'y toucherai plus maintenant.

— Gardez-vous bien de cela! me récriai-je. Bien au contraire, faites de la musique pour moi, faites-en très-souvent, et les heures que je dois passer ici me paraîtront encore plus douces!...

— Vraiment! fit-elle avec une toute charmante complaisance. En ce cas, il faudra que je dise les airs que vous aimez.

Le sujet de la conversation était tout trouvé; Bernardine ne tarda pas à me prouver qu'elle était tout simplement une grande artiste, et comme, ainsi que moi, elle préférait les

C'était Pierre qui méritait le salut, et c'est moi seul qui fus sauvé. (Page 4.)

maîtres allemands, il fut convenu que chaque matin, chaque soir, elle me ferait entendre quelques-uns des chefs-d'œuvre de Beethoven, de Weber ou de Mozart, ce Raphaël de la musique.

Presque tout le reste du temps, elle le passait à mon chevet, et nous causions; elle assise, et les yeux presque constamment fixés sur son ouvrage; moi, accoudé sur l'oreiller et ne regardant qu'elle.

Tu ne saurais te figurer, mon ami, que de trésors ignorés de tous, que d'enchantements inconnus, je découvris ainsi dans cette adorable et candide enfant. Fleurs enfouies dans l'herbe, son âme ainsi que son esprit, son esprit ainsi que sa beauté, c'était tout autant de violettes!

Puis, elle ployait son ouvrage, et me disait adieu. Mais elle ne tardait pas à se mettre au piano. Le plafond seul nous séparait, un plafond de ferme, quelques planches... il me semblait que nous étions encore ensemble!...

Au bout de quelques jours, d'ailleurs, je pus me lever, descendre dans la salle basse. Il ne m'était pas permis de sortir encore, mais le piano était là. Nous nous y mettions tour à tour, parfois même simultanément, et lorsque notre pensée ne trouvait plus de mots, nous causions avec des mélodies : ce doit être le langage qui se parle au ciel.

Le jour se passant ainsi, la nuit arrivait bien vite. Tous les gens de la ferme rentraient pour le souper, je m'attablais avec eux, et chacun de dire : il n'est pas fier. Imbéciles ! la place d'honneur me revenant de droit, j'étais assis auprès de Bernardine.

Après le repas, qui durait une demi-heure environ (mais quelle demi-heure bien employée !) valets et servantes allaient se coucher. Il ne restait plus dans la grande salle que Bernardine, la tante Rose, Jacques, Pétronille et moi. Jacques s'asseyait dans la cheminée, et fumait sa pipe : Bernardine l'exigeait ainsi. La tante Rose lui faisait vis-à-vis, avec son rouet; car, malgré son grand âge, l'infatigable travailleuse

ne demeurait jamais inoccupée. Pétronille adossait sa chaise à la muraille, et, s'accoudant au buffet, ne tardait pas à risquer un premier somme. Bernardine enfin, Bernardi... et moi, nous faisions de la musique. Une bougie sur le piano, une rustique lampe suspendue à la cheminée, une joyeuse flambée dans l'âtre, car déjà les soirées étaient fraîches, éclairaient bizarrement ce tableau. Parfois le concert se prolongeait assez avant dans la nuit, et lorsque la fin de chaque morceau ramenait le silence, on n'entendait plus rien autre chose dans la vaste salle que le marmottement de la tante Rose qui n'en disait pas moins ses patenôtres, et parfois l'aboi plaintif d'un grand chien de chasse appelé Fidèle, qui se brûlait les pattes au foyer, dont il s'était endormi trop près. Quant à Pétronille, elle se taisait, et pour cause.

Jacques nous écoutait et nous regardait de loin, mais san jamais se mettre en tiers dans notre duo. Nous étions seul tous les deux, seuls à penser, seuls à rêver : c'était charmant

Vint enfin le jour de ma première sortie. Mais j'étais bien faible encore, il me fallait un soutien; ce fut au bras de Bernardine que je franchis pour la première fois le seuil de l ferme, que j'essayai mes premiers pas dans la verte cou plantée de pommiers qui l'environne; qu'un peu plus tard déjà redevenu plus ingambe, je fis connaissance avec ces ad mirables campagnes, avec la lisière de la forêt, avec le bor de la mer.

C'était la fin de l'automne, il fut splendide cette année-là jamais je ne reverrai plus douces et plus mélancoliques jou nées, jamais la nature ne me semblera plus chatoyante et pl belle.

Et puis, tu l'as peut-être éprouvé, au sortir d'une long maladie, aux premiers temps de la convalescence, il sembl que tous les sens soient rajeunis, que toutes les impression soient nouvelles. C'est comme une seconde enfance.

C'est plus et mieux encore ! Cette vie, qu'on a failli perd on s'en ressaisit, avec une indicible joie, avec une folle ivress L'esclave qui vient d'être rendu à la liberté, le prisonnier q

N° 200
ROMANS POUR TOUS

LE MESNIL-AU-BOIS
Par Charles DESLYS

10 *centimes.*
ROMANS POUR TOUS

Je sortis de cette maison. (Page 7.)

sort d'un cachot, doivent avoir de ces émotions-là ! On marche avec une sorte de fierté; on respire avec béatitude; on se surprend à parler aux nuages, aux étoiles, aux oiseaux; on embrasserait volontiers chacun des arbres du chemin comme autant de vieux amis retrouvés tout à coup; on rit et l'on pleure à propos de riens; on est heureux enfin. Oh! oui, bien heureux !

Et tous ces bonheurs, tous ces enchantements, Bernardine les partageait avec moi ! Et cet homme nouveau que j'étais, cet homme sans passé, cet homme tout avenir, cet homme redevenu enfant, cet homme digne d'elle... Ah!... que te dirais-je de plus, mon ami?... J'aimais Bernardine !

Mais je ne le lui avais pas dit encore; mais je n'avais pas même offensé d'un baiser la main si loyale et si pure qu'elle me tendait ainsi qu'à un frère.

Il était temps de parler, cependant ; il le fallait, car ma convalescence touchait à son terme, et je n'allais plus avoir de prétexte pour rester à la ferme.

Un soir, nous étions tous les deux assis auprès d'une grande haie vive, qu'empanachait un bouquet d'ormeaux tordus par lesquels nous étions abrités du vent. De là, le regard planait au-dessus des bois, marbrés de toutes les chaudes nuances de l'automne, et qui, par une pente moutonneuse, semblaient descendre jusqu'au bord même de la mer, en ce moment comparable à une gigantesque opale. L'horizon se perdait dans une longue nuée violette, çà et là trouée par le soleil qui se couchait derrière, tandis que, plus haut, dans la partie orangée du ciel et dans l'infini de l'azur; s'éparpillait une myriade de petits nuages ailés. Dans cette dernière heure du jour, dans cet immense panorama, enflammé vers un seul point, sur tous les autres s'assombrissant déjà, il y avait un tel calme, un tel silence, que l'on entendait au loin ce dernier cri mélancolique des mouettes, qui peut-être est leur prière du soir.

Depuis quelque temps... était-ce des minutes, était-ce des

heures?... nous nous taisions, la main oubliée dans la main, le regard se perdant dans une même rêverie; les deux âmes confondues en une seule âme.

Tout à coup, Bernardine se leva, et, comme étonnée du chemin qu'avait fait son esprit :

— Il est tard ! dit-elle. Voici la nuit; rentrons...

Je la retins par la main, et d'une voix profondément émue:

— Bernardine, lui dis-je, encore quelques instants ! C'est un des derniers soirs que nous passons ensemble... L'heure approche où je devrai m'éloigner de vous. Avant de partir, permettez-moi de vous faire l'aveu de ce qui se passe là !... Bernardine, je vous aime !...

— Monsieur! fit-elle, toute palpitante d'effroi, monsieur...

Je ne la laissai pas achever, et, du geste la calmant:

— Pourquoi vous offenser de ma franchise? repris-je avec plus d'animation, pourquoi donc imposer silence à mon cœur? C'est lui qui vous parle, Bernardine, et il est tout à vous. Ne me laissez pas partir sans emporter une espérance... Oh! je serais trop malheureux! Permettez-moi du moins de me dire : elle m'attendra, je reviendrai. Elle sait maintenant que je ne puis vivre loin d'elle... Faites plus encore : ayez comme moi le courage de la vérité... Avouez que, pour vous aussi, ces quinze jours passés ensemble ont été une révélation de l'amour !

Bernardine, que craignez-vous? Ayez foi dans mon serment. C'est loyalement et saintement que je jure de vous aimer toujours, Bernardine, c'est à la face du ciel... Bernardine, c'est devant Dieu !

Et je tombai à ses genoux, les yeux suppliants et les mains jointes.

Elle me regarda longuement, et comme si charmée par mes paroles, elle en écoutait encore en elle-même le lointain écho. Puis, son visage s'empourprant tout à coup, elle le cacha dans ses mains.

— Bernardine ! murmurai-je toujours à ses pieds. Répondez, Bernardine...

Et doucement j'écartais ses deux bras : son visage me réapparut, inondé de pleurs.

— O mon Dieu ! balbutia-t-elle enfin avec l'adorable confusion de la pudeur qui, pour la première fois, laisse parler l'amour, ô mon Dieu ! que me demandez-vous là ? Je ne sais pas, moi... je ne puis pas... Mais le jour où vous quitterez le Mesnil... oh ! n'en doutez pas, monsieur Roger, ce jour-là, moi aussi, je serai bien triste !

Et craignant d'en avoir trop dit, honteuse de ce qu'elle aurait pu dire encore, elle s'enfuit.

Innocente et candide Bernardine ! je ne songeai pas même à te poursuivre... non ! non... Je restai-là, toujours agenouillé, pleurant de bonheur à mon tour, et comme immobilisé dans une délicieuse extase.

Elle m'aimait ! elle m'aimait !

Mais tout à coup, un bruit de feuillage froissé, de branches brisées, me réveilla.

Je retournai vivement la tête vers l'endroit d'où venait ce bruit.

Un homme de haute stature se frayait un passage à travers la haie.

Cet homme c'était Jacques !


## VI


Je crois ne pas l'avoir suffisamment parlé de Jacques.

C'est un paysan, mais il a reçu une certaine éducation, et, tu as pu le voir, il est doué d'une rare élévation de sentiments. Son visage, rude et même un peu sauvage au premier aspect, ne tarde pas, pour peu qu'on s'y habitue, à vous paraître d'une beauté puissante et virile. C'est une sorte d'Hercule normand ; et plus d'une fois, en le regardant aux lueurs vacillantes du foyer, il m'a semblé voir renaître en lui quelqu'un de ces hardis compagnons du vieux Guillaume, qui firent en une seule campagne la conquête de l'Angleterre.

Comme tous les hommes vraiment forts, il parle peu, et il est d'une extrême timidité, qui va parfois jusqu'à la gaucherie ; comme ces bons gros chiens de Terre-Neuve, chez lesquels le dévouement existe à l'état d'instinct, il est extrêmement doux ; mais, comme eux aussi, dans une velléité de colère, on sent qu'il est capable d'anéantir d'un seul bond ceux-là mêmes qu'il a sauvés la veille.

Tel fut précisément l'effet qu'en ce moment me produisit Jacques.

Il avait traversé la haie, il s'était rué sur moi ainsi qu'un taureau furieux. Mais au moment même de m'atteindre, il s'arrêta tout à coup, recula d'un pas qui fit résonner la terre, enfouit convulsivement son visage dans ses deux mains, et, redevenu maître de lui-même, mais affreusement pâle :

— Monsieur ! me dit-il d'une voix heurtée, c'est mal... c'est très-mal... Oh ! si j'avais prévu cela dans les roches noires, si j'avais pressenti que vous abuseriez ainsi de notre hospitalité...

— Jacques, interrompis-je enfin, n'achevez pas des paroles que vous regretteriez plus tard. Je ne suis pas un vil séducteur, et je le prouve à l'instant. Vous êtes en quelque sorte le père de Bernardine ?

— Son père ? fit-il avec une singulière amertume. Mais je n'ai pas trente ans, monsieur.

— Son frère... soit. Eh bien ! frère de Bernardine, voulez-vous m'accorder la main de votre sœur ?

— L'épouser... vous !...

Dans le cri d'étonnement qu'il venait de jeter, il y avait eu comme une recrudescence de colère.

Mais elle s'apaisa bien plus rapidement que la première, et ce fut avec une touchante bonhomie, une bonhomie presque triste, qu'il ajouta :

— Au fait, elle l'aime !

Ces derniers mots me parurent un consentement, et, dans ma joie, qui se réveilla plus folle encore, je me précipitai au cou de Jacques en lui criant :

— Mon ami ! mon frère... oh ! soyez-en certain, Bernardine sera heureuse.

Il se dégagea doucement de cette étreinte, et me répondit :

— Bernardine ne dépend que d'elle-même ; c'est à Bernardine, elle seule, qu'il faut demander cela.

— A l'instant... allons !

— Allons !... consentit-il.

Et nous reprîmes ensemble le chemin du Mesnil.

Mais, durant toute la route, je fis à moi seul les frais de la conversation. Jacques avait repris son air taciturne et grave.

Quant à moi, j'étais si heureux de rêver tout haut que, faute d'un compagnon, j'eusse parlé de mon bonheur aux arbres du chemin.

Nous ne tardâmes pas à arriver.

La tante Rose filait comme d'habitude auprès de l'âtre ; Bernardine aidait Pétronille à mettre le couvert.

— Écoutez tous !... criai-je dès le seuil. Et vous, Bernardine, répondez-moi. Un incident imprévu précipite la demande que je comptais vous adresser plus tard : Jacques était derrière la haie. Jacques sait tout, Jacques consent à tout. Il ne me reste plus qu'à vous obtenir de vous-même. Bernardine, voulez-vous être ma femme ? A cette brusque conclusion, la tante Rose cessa tout à coup de filer, et leva ses deux mains au ciel. Quant à Pétronille, de stupéfaction, elle laissa tomber sur le carreau l'assiette qu'elle était en train d'essuyer.

Bernardine, cependant, ne me répondait pas. Mais il lui avait suffi de se retourner vers moi, pour me faire comprendre qu'une complète métamorphose venait de s'accomplir en elle.

Elle était très pâle, et sur tous ses traits, étrangement contractés, se lisait la douloureuse contrainte d'une âme fière qui vient d'être blessée dans ses illusions les plus chères.

Tout d'abord, j'étais resté muet de surprise et de déception.

— Bernardine, questionnai-je enfin, que s'est-il donc passé ?... qu'avez-vous ?

Au bout de quelques secondes seulement, elle parvint à recouvrer assez d'empire sur elle-même pour me répondre :

— Pourquoi vous jouer ainsi d'une pauvre fille à laquelle vous deviez au moins du respect ? Je sais maintenant que vous êtes fiancé à une autre, à votre cousine.

— Mais comment savez-vous ? qui vous a dit ?...

Silencieuse et digne, elle étendit le bras vers un angle déjà obscur de la grande salle, et seulement alors je remarquai qu'il s'y trouvait un sixième personnage, dans lequel je reconnus tout aussitôt mon oncle et tuteur, M. Maniquet.


## VII


Comment avait-il pu savoir mon accident, mon séjour au Mesnil ? C'est encore un mystère pour moi.

Il y avait environ dix jours, j'avais envoyé l'un des valets de la ferme chercher ma malle au Havre. Peut-être mes amis avaient-ils fait jaser ce garçon. Peut-être avaient-ils devoir avertir mon cher oncle que, naufragé sur la côte normande, j'avais été recueilli, j'étais soigné par une jeune et jolie fille. Or, il n'en fallait pas davantage pour faire immédiatement accourir M. Maniquet.

Tu dois t'en souvenir : l'idée fixe de cet ambitieux bourgeois fut toujours de me faire épouser sa fille, et tel était son calcul : Ma sœur s'était appelée madame la vicomtesse de Fontanelle; il faut qu'à son tour ma chère Anastasie change en Fontanelle son affreux nom de Maniquet, et me fasse des petits-fils vicomtes!

L'espérance de mon cher oncle se basait sur la prodigalité avec laquelle je dépensais mon mince héritage, et sur le gros chiffre de sa propre fortune. Le bonhomme est trois ou quatre fois millionnaire.

Il comptait en second lieu sur les attraits de ma cousine Anastasie, à laquelle il a fait donner à l'avance une éducation aristocratique, et qui, dès l'âge de dix ans, se mourait d'envie de devenir vicomtesse.

La dernière fois que nous nous sommes rencontrés, il y a dix-huit mois de cela, c'était encore une petite pensionnaire, ni trop bien, ni trop mal, avec un grand col maigre, et des engelures à tous les doigts, mais déjà prétentieuse et coquette en diable : une digne élève de monsieur son père.

Qu'est-elle devenue depuis lors? Je l'ignore complètement et m'en soucie fort peu, bien que, je le présume, elle ait dû se mettre en grands frais et passer par de rudes épreuves, afin d'arriver à la conquête du titre rêvé. La dernière présentation ne lui avait pas été favorable ; elle s'était rendu cette justice. De son côté, M. Maniquet avait très-bien compris que c'était une exhibition manquée. Une éclipse totale s'en est suivie; mais mon cher oncle n'a nullement renoncé à sa marotte. Il a fait remettre sa fille à neuf, voilà tout.

Tu dois comprendre maintenant son empressement. Juste au moment où le chef-d'œuvre était parachevé, où je ne pouvais manquer cette fois d'être ébloui, il avait eu connaissance de mon aventure, et, dans cette aventure, il y avait une héroïne de roman : tu juges!

Aussi, dès que j'eus aperçu le petit papa Maniquet, dès que, reportant mes regards vers Bernardine, j'eus analysé cette fois les divers sentiments qui se combattaient sur son visage, je compris aussitôt tout ce qu'avait pu dire mon cher tuteur, et bien résolu à lui signifier immédiatement ma volonté, je repris ainsi la parole :

— Relevez la tête, Bernardine, et que le sourire vous revienne. Jacques, ne me regardez pas ainsi. Et vous, mon cher oncle... j'en suis bien fâché pour Anastasie, mais votre indiscrétion elle-même me dispense de tout ménagement : voici la vicomtesse de Fontanelle!

Et d'une main enlaçant Bernardine, de l'autre main je la présentais à M. Maniquet.

Te rappelles-tu ces diablotins à faces grotesques, qui sautent hors de leur boîte aussitôt qu'on l'ouvre, et qui nous faisaient tant rire dans notre enfance, après nous avoir tout d'abord fait si grand'peur? Oui, n'est-ce pas? Eh bien! je ne saurais mieux comparer le Maniquet qu'à ces diablotins-là.

Il avait spontanément bondi en arrière, la bouche béante, la face écarlate et les yeux démesurément ouverts. Son gros ventre haletant faisait sonner ses breloques une sorte de tocsin désespéré, et sa perruque elle-même, prenant part à son émotion, s'était hérissée.

— Mais... put-il articuler enfin, mais Anastasie a un million de dot!

— Eût-elle en dot tous les trésors du monde, repartis-je superbement, j'aime Bernardine!

Les bras de mon cher oncle tombèrent à ces mots, et son front s'inclina consterné.

Ne va pas croire au moins qu'il s'avouât encore désarçonné de son dada favori! Non, non... le vieux têtu ne songeait qu'à trouver un biais, qu'à gagner du temps ; et lorsque Bernardine et moi nous fûmes rapprochés de lui, lorsque nous l'eûmes fait asseoir :

— Mademoiselle, dit-il, ne voyez pas en moi un ennemi. Roger, je ne contrarierai pas ton inclination, je la comprends ; et si, par sa persistance, elle mérite mon approbation, cette approbation toute paternelle... eh bien, je te la donnerai. Mais...

A ce mais de mauvais augure, je dressai l'oreille, et plus attentivement encore j'écoutai le vieux renard.

Il poursuivit :

— Mais en bonne conscience, tu ne peux pas exiger que je consente, séance tenante, à un mariage aussi disproportionné... Ne voyez rien d'offensant pour vous dans ce mot, mademoiselle; c'est à vous surtout que j'ai l'honneur de m'adresser, c'est à votre délicatesse... c'est dans votre propre intérêt. Il s'agit de votre avenir, de votre bonheur! Trop de précipitation pourrait le compromettre... Vous me comprenez, n'est-il pas vrai?... Il vous faut une garantie sérieuse... j'ai de l'expérience, voyez-vous bien... et... et...

Le cher oncle commençait à s'embarbouiller. Fort heureusement pour lui, Bernardine elle-même intervint :

— Expliquez-vous sans crainte, monsieur, dit-elle... expliquez-vous.

— Et brièvement !... et catégoriquement ! ajoutai-je avec une certaine impatience.

Mon machiavélique tuteur nous regarda tour à tour. Puis, afin de se donner une contenance, il ouvrit sa tabatière d'or, et, tout en massant une prise, à l'absorption de laquelle il ne songeait nullement :

— Mes enfants! reprit-il d'un ton cauteleux, mes pauvres enfants, c'est dur ce que je vais vous demander là; mais enfin, il le faut... croyez-moi... il le faut!

— Parlez donc! ne pus-je me défendre de lui crier. Que demandez-vous?

— Je demande que Roger quitte immédiatement avec moi le Mesnil, et durant six mois voyage... en Italie, en Allemagne, où bon lui semblera... Quant à ce détail, je lui laisse liberté tout entière.

— Je vous remercie bien, fis-je ironiquement; après?

— Au bout de ces six mois d'épreuves... nécessaires!... si Roger persiste encore dans son intention de vous épouser, mademoiselle, je m'engage, et sur l'honneur... à vous servir de premier témoin. Mais si, au bout de ce laps, le vicomte de Fontanelle, éclairé par le temps, par la réflexion, par...

— Dispensez-vous de la péroraison, interrompis-je enfin, je refuse!

— Mais moi, j'accepte! dit tout à coup Bernardine.

— Comment!... vous voudriez ?...

— Je l'exige!

Et comme, sur ce mot, la passion allait m'emporter :

— Permettez-moi d'achever, reprit-elle. Je vous en supplie, Roger. Six mois d'absence ne me changeront pas, soyez en certain. Obéissez donc à votre oncle, et partez. Il est de mon devoir de lui prouver que ce n'est ni par ambition, ni par intérêt que je deviendrais votre femme.,. Si vous ne reveniez pas au Mesnil...

Et comme j'allais l'interrompre :

— O mon Dieu! fit-elle, tout est possible... et d'avance je vous pardonne! Mais si j'entre dans votre famille, ce sera du moins la tête haute, et tous ceux qui me repousseraient aujourd'hui, me tendront alors la main. Monsieur votre oncle a décidément raison, Roger. Partez avec lui dès ce soir... je vous en supplie... je le veux!

Il y avait eu tant de touchante simplicité, tant d'émotion tendre et fière, tant de vraie noblesse, mais aussi tant d'inébranlable résolution dans ces paroles, que moi-même j'inclinai la tête, et je me tus.

— Bien... bien, mon enfant ! dit la tante Rose.

Jacques essuya furtivement une larme.

Pétronille eut un geste, une moue, qui signifiait bien clairement : Si jamais pareille chance m'arrivait, je ne ferais pas tant la délicate.

Quant à M. Maniquet, il aspira lestement sa prise, et, d'un air tout joyeux, conclut ainsi :

— Mademoiselle, vous êtes un ange !

Une demi-heure après, nous nous mettions tous les deux en route.

Mais, avant de partir, je m'étais approché de Bernardine, et je lui avais dit :

— N'en doutez pas, Bernardine... oh ! je reviendrai !

— Dans six mois, me répondit-elle, jour pour jour, à la même heure, à la même place où vous m'avez dit : Je vous aime... j'attendrai !...

Ce furent là nos seuls adieux.

L'oncle Maniquet ne les remarqua même pas. Tout entier à sa recrudescence d'espoir, il était déjà remonté dans la voiture qui devait m'emporter loin du Mesnil ; il se frottait les mains d'aise, et, j'en suis bien certain, il se disait à part lui :

— Anastasie sera vicomtesse !


### VIII


En arrivant à Paris, où tu ne te trouvais pas alors, je racontai mon aventure à quelques autres amis, qui tous s'offrirent à parier pour l'oncle Maniquet.

Ceci me donna plus de courage encore et plus de volonté. Je me comparai à ces anciens amants de l'époque chevaleresque, qui se créaient à eux-mêmes de longues épreuves afin de mieux attester leur constance ; et, tout fier d'exécuter à la lettre la condition qui m'était imposée, je partis immédiatement pour l'Italie.

O mon cher tuteur ! ô mes braves amis ! comme vous vous abusiez sur mon amour ! Je n'étais plus le même Roger qu'autrefois, j'étais un vrai héros du Tasse ou de l'Arioste !

Et d'ailleurs, comment aurais-je pu l'oublier ? les chefs-d'œuvre de l'art ne me le rappelaient-ils pas à chaque instant, sur cette terre classique de l'idéal ? Aujourd'hui c'était une immortelle statue dans laquelle je retrouvais la perfection de ses traits ; le lendemain, sur la toile de quelque grand maître, une admirable Vierge me représentait sa divine image ; chaque soir, en m'endormant à la lecture de quelques-uns des sublimes poëmes italiens, leurs vers harmonieux me berçaient de son doux souvenir. Partout et toujours enfin, j'étais avec mon adorée Bernardine !

Aussi les six mois convenus s'écoulèrent-ils avec la rapidité d'un rêve. Grande était cependant mon impatience, et, dans la crainte qu'on ne me retardât à Paris, je n'y passai même pas, je courus tout droit jusqu'au Mesnil.

Seulement j'avais écrit à M. Maniquet à peu près ceci :

« Mon cher oncle,

« J'ai rempli jusqu'au bout nos conventions, à votre tour de me tenir parole. J'épouse dans quinze jours mademoiselle Bernardine Duvernay, et je compte sur vous pour être l'un de mes témoins. Ne m'en veuillez pas de n'être point allé vous rendre visite à mon retour en France ; vous comprendrez sans peine que je ne devais pas, que je ne pouvais pas me rencontrer avec ma cousine Anastasie, avant du moins l'accomplissement de mon mariage. Persister après l'avoir revue, c'eût été pour elle une offense, et peut-être, j'en avais crainte, cela ne m'eût plus été possible... etc., etc. »

Au jour dit, j'arrivai à Honfleur ; mais comme j'avais encore dans l'oreille les dernières paroles de Bernardine, je patientai jusqu'au soir, et, palpitant d'espérance et de bonheur, je me dirigeai vers l'endroit qu'elle avait désigné en me disant : Je vous attendrai !

C'était l'automne alors, et la nature était en rapport avec la tendre mélancolie de nos âmes ; c'était le printemps maintenant, et tout était en joie, et tout resplendissait comme pour célébrer la fête triomphante du retour.

J'aperçus enfin les ormeaux, je m'approchai de la grande haie, j'écartai doucement le feuillage.

Bernardine était là, agenouillée et priant.

Je passai à travers la haie par la brèche que, six mois auparavant, Jacques y avait faite, et, bien que de nouvelles pousses eussent sensiblement rétréci l'ouverture, je parvins à m'avancer sans bruit jusqu'auprès de Bernardine.

Elle ne m'avait pas vu venir, elle ne m'avait pas entendu.

Durant quelques secondes, je la contemplai en silence. Puis, je la touchai légèrement à l'épaule. Elle se releva tout à coup, me reconnut et tomba dans mes bras en s'écriant :

— Ah ! je le savais bien... moi... qu'il reviendrait !

Il y a de ces émotions, de ces béatitudes, qui ne peuvent pas s'exprimer par des paroles. Passons.

Je pressai Bernardine entre mes bras, ne songeant tout d'abord qu'à m'enivrer de sa vue. Puis, emporté par la passion, j'approchai mes lèvres des siennes.

Mais il y avait en elle tant de pudeur, tant d'immatérialité, tant de raphaëlisme, qu'elle se recula tout à coup, pareille à cette fleur qu'on appelle la sensitive, et qui se referme d'elle-même au moindre toucher.

— Pardon ! lui dis-je, tout ému par le douloureux effroi répandu sur son visage. Bernardine, pardon !

Mon repentir la toucha, et, lentement elle mit sa main dans la main que je lui tendais ; mais ce fut avec un regard de doux reproche, mais ce fut en frissonnant encore.

Je voulus lui parler, lui dire tout mon bonheur.

— Allons au Mesnil, interrompit-elle ; on vous y espère aussi.

Et, les mains enlacées, nous nous mîmes en marche.

En approchant de la ferme, j'aperçus Jacques, debout sur le seuil et regardant du côté par lequel Bernardine devait revenir, ou bien seule, ou bien avec moi.

Il s'avança à ma rencontre, et me tendant la main :

— Vous êtes un honnête homme ! dit-il.

Nous entrâmes.

La tante Rose était à sa place habituelle, sous le manteau de la cheminée, exactement comme le jour de mon départ ; exactement comme ce même jour, Pétronille était en train de mettre le couvert pour le souper.

A mon aspect, la tante Rose eut un geste qui témoignait hautement du peu qu'elle avait cru dans mon retour. Quant à Pétronille, sa stupéfaction fut si grande, qu'elle en cassa une seconde assiette.

Après les compliments d'usage, chacun prit place à table, et Jacques, faisant circuler le pichet, remplit les verres.

Jamais je ne l'avais vu aussi calme, aussi grave, aussi hospitalièrement solennel.

— A votre bien-venue ! dit-il en élevant son verre à la manière antique. Au bonheur de Bernardine !

Au moment même où nous trinquions encore, le bruit d'une voiture nous fit soudainement prêter l'oreille, et la porte s'ouvrant presque aussitôt, donna pour la seconde fois passage à mon très-cher oncle et tuteur.

Parmi tous les convives, il y eut un premier mouvement de stupéfaction.

Quant à moi personnellement, je me sentais si assuré de mon bonheur, que l'idée d'un nouvel obstacle ne me vint même pas à l'esprit.

— Merci d'être venu, dis-je naïvement à M. Maniquet; merci, mon oncle. Mais ce n'était vraiment pas la peine de vous déranger si tôt; vous le voyez, nous n'en sommes encore qu'aux accordailles.

— Monsieur le vicomte de Fontanelle, répondit-il en prenant l'air rengorgé d'un ambassadeur extraordinaire, je désirerais avoir l'honneur de vous dire quelques mots en particulier.

— Monsieur Maniquet, répondis-je avec le même cérémonial, bien qu'au demeurant assez intrigué, monsieur Maniquet, pourquoi ne me diriez-vous pas ces deux mots devant tous ? Je suis en famille ici, je n'y veux avoir de secret pour personne.

— Soit ! consentit-il avec un geste douloureusement résigné. Mais, souvenez-vous-en, vicomte, c'est vous-même qui l'aurez voulu.

— Allez !

— Avant de vous laisser vous engager plus loin, il est de mon devoir de tuteur de vous éclairer sur votre position réelle. Peut-être eussé-je mieux fait de parler plus tôt. J'ai craint d'attrister votre insouciante jeunesse... et d'ailleurs, je vous tenais en réserve un moyen de continuer l'existence dorée. En considération de ces deux motifs, excusez-moi...

— Je vous excuse d'avance; achevez.

— Roger... mon cher Roger... je ne puis vous le dissimuler davantage, vous êtes complètement ruiné !

— Moi!... moi!... c'est impossible !

— Mes comptes de tutelle sont parfaitement en règle, je suis tout prêt à vous en fournir la preuve ! il vous reste à peine une dizaine de mille francs, plutôt moins que plus.

— Dix mille francs !

— Ah ! dame ! monsieur votre père ne possédait absolument que ses parchemins, lorsqu'il épousa ma très-chère sœur Anaïs, et les Maniquet étaient bien loin alors de la magnifique fortune que leur a conquise mon industrie. Anaïs eut en dot, et défunt mon père se saigna beaucoup, cinq cent mille francs. Monsieur mon beau-frère les avait déjà passablement écornés. Monsieur mon neveu, vous avez dévoré le reste.

— Mais pourquoi ne pas m'avoir averti plus tôt? pourquoi?...

Je n'achevai point. La rougeur qui venait de monter au front de M. Maniquet me dévoila soudainement tout son plan. Il s'était complu à ne jamais contrarier aucun de mes caprices, il ne m'avait jamais refusé de l'argent, il m'avait même poussé à la prodigalité... et tout cela, pour que j'en arrivasse à mon dernier écu, pour que je fusse contraint, par famine, à devenir l'époux de sa fille. C'était décidément un affreux tuteur que mon très-cher oncle !

Il vit bien, à mon regard, que je l'avais compris, et ce fut en rougissant davantage encore, qu'il essaya de balbutier la réponse suivante :

— C'était pour que votre folle jeunesse fît honneur à notre... à votre nom, veux-je dire. Vous étiez si heureux, Roger, de

jeter l'argent par les fenêtres ! Et puis je travaillais, je spéculais encore afin de remplacer, et bien au-delà, le capital de vos plaisirs. Vous devez me comprendre... vous savez quel était le rêve de ma vie... Ce n'est plus un million maintenant, c'est deux millions que je donne en dot à ma fille.

Te dire avec quelle assurance, avec quel éclat triomphant le Maniquet venait de lâcher ces dernières paroles, ce serait impossible, et je ne puis raisonnablement les comparer qu'à ces formidables batteries que l'on démasque inopinément à la fin d'une bataille, et qui tout aussitôt assurent la victoire.

Deux millions ! comment résister à cela ? Comment, dès la première décharge, ne pas se rendre à merci ? Deux millions ! Mais avec une telle dot, on aurait pu acheter un marquis, un duc peut-être ! Et mon cher tuteur se contentait d'un vicomte; c'était modeste. Oui, mais ce vicomte-là, il l'ambitionnait, il le guettait, il le couvait des yeux, il l'élevait pour ainsi dire à la brochette depuis vingt-cinq ans. C'était sa proie, c'était son orgueil, c'était sa passion à lui. Passion tenace, passion vivace, passion féroce ! Il fallait que je devinsse son gendre, moi et non point un autre. Déjà les Maniquet s'étaient cachés derrière l'écusson des Fontanelle, il fallait coûte que coûte que les Fontanelle absorbassent définitivement les Maniquet !

— Réfléchissez, vicomte, conclut-il, en reprenant tout son aplomb. D'un côté, l'obscurité, la misère... de l'autre, la fortune, l'éclat, la luxueuse vie parisienne. J'en appelle à celle-là même à qui vous voulez faire un si terrible sacrifice. Mademoiselle Bernardine, si réellement vous l'aimez, au nom de son avenir, au nom de ses aïeux, rendez-lui sa liberté !... Roger, mon neveu, mon enfant, il en est temps encore... réfléchis et décide !

Transfiguré par la puissance même de son désir, l'oncle Maniquet devenait vraiment éloquent, vraiment beau. D'ailleurs, je ne songeais point à l'arrêter, et l'expression de mon visage devait le stimuler encore par l'espérance du succès. Je te l'avouerai, la révélation inopinée de ma ruine m'avait un instant atterré. Accoutumé comme tous les gens habitués à l'oisiveté, au luxe, à la vie toute faite, je ne comprenais pas qu'on pût vivre autrement qu'avec beaucoup d'argent. La misère, fantôme évoqué par mon oncle, était là devant moi, qui m'épouvantait. Toutes mes illusions, tous mes rêves d'amour, ouvraient déjà les ailes pour reprendre leur vol, et, durant quelques instants, à toi seul je le dis, le père d'Anastasie fut bien près d'avoir raison.

Pauvre Bernardine ! en un seul regard elle avait lu sur mes traits tout ce qui se passait dans mon âme, et, pâle, frémissante, en proie à un doute terrible, elle s'avançait pas à pas vers moi.

— Monsieur Roger, dit-elle enfin avec plus encore de dignité que de douleur, monsieur Roger... vous ne m'aimez pas... vous avez peur !

A ce mot, Jacques intervint tout à coup.

— Peur ! s'écria-t-il avec une superbe énergie. Peur de ne plus être riche... Allons donc ! Lorsqu'on a vingt-cinq ans, de l'éducation, de bons bras, et dans le cœur un franc amour... qu'importe la richesse ?... on a le travail !

— Le travail... répétai-je, mais en relevant déjà la tête à ces mâles accents qui vibraient à mes oreilles ainsi qu'une trompette sonnant l'assaut; mais quel travail !

— Celui qui sourit le plus à Dieu, répondit Jacques, celui que de préférence il bénit... le travail des champs. Vous ne savez pas, je vous apprendrai, moi. Il vous reste dix mille francs, c'est plus qu'il n'en faut pour mettre en valeur les dix hectares de bruyère qui nous bornent au nord. Dites un seul mot, et je vous associe à mon exploitation... Et dès que vous serez au courant, je vous abandonne le Mesnil. Oui, j'ai des idées de voyage, d'émigration... Plus tard je vous expliquerai cela. Quant à présent, acceptez... et sans rougir au moins. J'ai ouï-dire que jadis, dans ce pays, des gentilshommes, appauvris par la guerre civile, avaient eux-mêmes conduit la charrue. C'étaient de vrais nobles que ceux-là; imitez-les !

— Jacques! m'écriai-je enfin. Jacques, plus un mot... et merci! Merci surtout de m'avoir fait entendre la voix du devoir et de l'honneur. Si je rougis, c'est d'avoir un instant hésité. Bernardine, pardonnez-moi... Vous aviez accepté la main du vicomte de Fontanelle, voulez-vous maintenant accepter celle de Roger le paysan?

Les yeux toujours fixés sur mes yeux, elle ne se rapprochait de moi qu'avec un reste de doute. Ce fut Jacques lui-même qui lui prit la main, et qui la plaça dans la mienne.

Heureux et fier, je me retournai vers mon oncle, et lui montrant ma femme:

— Monsieur Maniquet, conclus-je, voici ma réponse.

Il n'en demanda pas davantage; mais, renfonçant son chapeau jusque sur ses yeux:

— Je ne vous pardonnerai jamais! s'écria-t-il avec une fulgurante colère, jamais, jamais!

Et il sortit.

Le lendemain même, qui se trouvait être un dimanche, nos bans étaient publiés à l'église, et, durant tout le jour, paysannes et paysans s'arrêtaient pour lire nos deux noms affichés à la porte de la mairie du village.

Il y a huit jours de cela, et depuis huit jours déjà, je me lève avec l'aube, et, comme tu l'as pu voir, je travaille.

Tu souris!... Ah... oui, je comprends, tu m'as surpris dans un moment où la fatigue m'accablait... Dame! quand on n'en a pas l'habitude! Et puis il faisait une si grande chaleur, lorsque tu es arrivé! Oui, oui... j'en conviens, je devais faire assez piteuse mine sous mon accoutrement de faneur, avec mon grand chapeau de paille rabattu jusqu'au menton, et ma longue fourche pendante à la main. Ah! ah! ah!... tu le vois, j'en ris moi-même. Mais maintenant voici le soleil qui disparaît dans la mer. Il fait frais, il fait bon! L'air du soir est tout imprégné de la senteur des foins, tout respire le calme, la joie, le bonheur. O fortunatos nimium! Je me sens alerte et fort, je suis fier de ce que j'ai fait, j'ai foi dans l'avenir!

Mais pour te convaincre, pauvre Parisien, pour t'amener à l'admiration, à l'envie, j'ai mieux que des paroles.

Tu connais le roman, il est temps de faire connaissance avec l'héroïne... Allons au Mesnil!


IX


Durant tout ce long récit, j'avais attentivement examiné la physionomie de Roger.

Il y avait en lui une chaleureuse exaltation, un poétique enthousiasme; il paraissait fermement résolu, et surtout réellement amoureux.

Cependant, lorsqu'il en était venu à parler de sa fortune perdue, j'avais cru surprendre dans son regard comme un regret; lorsqu'il m'avait vanté son courage au travail, un commencement de lassitude avait malgré lui percé dans sa voix.

Est-il bien l'homme d'un pareil dévouement, d'une aussi dure renonciation, d'une aussi complète métamorphose?

— Quand j'aurai vu Bernardine, me dis-je à part moi, je me formerai à cet égard une opinion définitive.

Après quelques dernières paroles échangées entre nous, nous avions pris le chemin de la ferme.

La prairie semblait déserte maintenant, et les grandes meules de foin se profilaient en noir sur le bleu sombre du ciel, tout au fond duquel on commençait à deviner plutôt qu'à voir les premières étoiles.

Le calme était profond, le silence complet; nous n'entendions même plus le bruit de nos pas, amortis par l'herbe fraîchement coupée; nous marchions comme sur un tapis de velours.

Tous les faneurs néanmoins ne s'étaient pas encore retirés. Au moment où nous allions dépasser la dernière meule, j'aperçus, adossé contre elle, un homme de haute taille, qui, les bras croisés sur la poitrine et la tête penchée vers le sol, semblait étrangement pensif.

— C'est Jacques, me dit Roger.

Et il l'appela à haute voix.

Le dernier fit le mouvement d'un homme qui se réveille et sursaut, et, se détachant de la meule, il s'avança vers nous.

Tandis que le vicomte nous présentait l'un à l'autre, et que Jacques répondait à mon compliment par quelques paroles de bienvenue, un peu froides peut-être, mais dites avec une courtoisie vraiment hospitalière, je l'examinai tout à loisir.

Assurément, Fontanelle n'avait pas trop flatté ce premier portrait. Admirablement proportionné dans sa taille, Jacques avait un des plus sympathiques visages que j'aie jamais rencontrés, un franc sourire à blanches dents, de grands yeux expressifs, et surtout un front intelligent, couronné par une magnifique chevelure brune qui crépelait sur toute la tête, à la façon des statues antiques. Ainsi que tout pur type d'une forte race, il avait les attaches très-fines, et je remarquai que la main qu'il mit dans la mienne était relativement petite et douce. Mais ce qui davantage encore me plut en lui, c'était son air de dignité simple et virile, son maintien réservé, ses puissantes et austères allures. Il marchait devant nous, et, bien que revêtu de sa blouse de travail, on eût dit un de ces gentilshommes campagnards de la vieille Écosse, que représentent si magistralement les gravures anglaises.

Tout en cheminant, Roger lui adressait souvent la parole; Jacques lui répondait seulement par quelques brèves paroles, mais toujours marquées au coin du bon sens, mais toujours dictées par une délicatesse de sentiment au-dessus de son état. Quand il s'égayait, ce devait être un charmant compagnon; en ce moment, il semblait en proie à une sorte de mélancolie amère, de tristesse péniblement dissimulée, et ce dernier trait acheva de lui concilier dès ce soir-là mon amitié.

Nous arrivâmes bientôt au Mesnil, qui, à l'exemple de la plupart des fermes de la côte normande, était enceint d'un haut talus de terre gazonné, sur lequel croissaient de grands arbres destinés à former obstacle au vent de la mer.

Après avoir franchi cette espèce de rempart que fermait une simple barrière de bois peint, on se trouvait dans un vaste verger, remarquable par sa luxuriante verdure, et qu'accidentaient çà et là les granges, les étables; le pressoir, et je ne sais plus encore quels autres bâtiments, la plupart recouverts en chaume, et que l'on entrevoyait confusément à travers les basses ramures des pommiers.

Au pied de ces beaux arbres, dont la greffe devait remonter au trop célèbre pommier du paradis, s'étendait un immense tapis d'herbe émaillée de fleurettes. Çà et là broutaient, folâtraient ou dormaient les divers animaux familiers de la ferme: deux bonnes grosses vaches, une jument et son poulain, quelques jeunes porcs, un couple de moutons privilégiés, etc., etc. J'allais oublier le baudet, et ce serait vraiment de l'ingratitude, car il se prit à entonner, sans doute en mon honneur, une bruyante fanfare, à laquelle s'associèrent hospitalièrement les canards, qui barbotaient une dernière fois dans la mare, les poules et les dindons déjà presque tous perchés pour le sommeil.

Quant à la maison, à la droite de laquelle se devinait le jardin derrière sa haie vive, elle était fort ancienne, et, comme son nom l'indiquait, elle avait dû jadis être une petite châtellenie, un manoir, un manel, un mesnil. Au sommet de son grand toit pointu, qui surplombait de beaucoup le premier étage, se dressaient encore avec fierté quelques vieilles ferblanteries seigneuriales. Deux ou trois fenêtres conservaient la croix de pierre et les encadrements caractéristiques de la Renaissance ; l'une d'elles avait même pieusement gardé ses vieux vitraux à châssis de plomb. A l'angle gauche enfin, restait une vraie tourelle, surmontée de sa haute campanille d'ardoise, qui, penchant un peu de côté, la coiffait avec une sorte de coquetterie tapageuse.

Tout cela était bruni, vermoulu, quelque peu démantelé ; mais le temps qui détruit d'une main, pare toujours de l'autre, et la façade tout entière était revêtue d'un splendide manteau de vigne folle, de rosiers grimpants et de chèvrefeuilles. Au total, une pittoresque et délicieuse habitation !

Sur le seuil, où tombait un dernier rayon attardé, sommeillait le vieux Fidèle, son gros museau noir allongé entre ses pattes fauves. A notre approche, il se redressa tout à coup, flaira l'air un instant, et bondit vers son maître avec de grands abois joyeux. Mais presqu'aussitôt, nous ayant aperçus, il recula vers la porte, et se remit en travers avec de sourds grondements, comme s'il se disposait à nous en défendre l'entrée.

— C'est singulier ! me dit Roger, tandis que Jacques écartait et calmait le chien, chaque fois que je rentre à la ferme, voici l'accueil que me réserve Fidèle. J'ai eu beau me mettre en quatre pour capter ses bonnes grâces, il s'obstine à me traiter en ennemi !

Nous entrâmes.

Carreau rouge, rideaux blancs, ameublement en chêne noirci, vaisselle et poteries sur le bahut, crémaillère et chenets de fer, tout était d'une excessive propreté, d'une propreté flamande.

Une seule personne, une femme, se trouvait là, qui, accroupie devant l'âtre, y ravivait une joyeuse flambée de bois sec.

Au bruit de nos pas, elle se retourna vivement, et, sans qu'il fût besoin de me la nommer, je reconnus Pétronille.

C'était bien là la grosse servante normande, dont Fontanelle m'avait esquissé la charge. Elle était vraiment superbe, avec ses gros sabots, son jupon court, son pourpoint de tricot, sa grande bouche rieuse, son nez en trompette et son bonnet de coton.

Se redressant *tout de go*, elle courut à Jacques, et lui fit grand'fête, à peu près à la même façon que Fidèle.

Puis elle se retourna vers nous ; et chose singulière, après surtout ce que m'avait dit Roger, il y eut en elle un changement immédiat, une sorte de brusquerie hargneuse qui me frappa. Oui, ce que j'avais déjà lu dans le regard du vieux chien, je crus un instant le voir passer dans les gros yeux boudeurs de la servante.

Roger n'alla pas si loin, mais il s'étonna nonobstant du froid accueil de Pétronille, et il lui dit :

— Qu'as-tu donc ce soir, toi ? Pourquoi diable me fais-tu la moue ?

— La moue, monsieur ?

Elle se mit à rire d'un air bête.

— Eh bien oui !... Pourquoi ?

— Je ne sais point !

Et elle s'en retourna à sa flambée.

— Ça se croit en droit d'avoir des caprices, sous prétexte que c'est une femme... ou à peu près, plaisanta Roger, tout en s'asseyant auprès de moi, non loin de la porte d'entrée.

Il y eut un silence...

Roger sifflotait un air de chasse, je regardais çà et là, Jacques avait disparu, Pétronille soufflait toujours.

— Où donc est Bernardine ? demanda tout à coup le vicomte.

— Elle a dû vous voir venir, répliqua la servante sans se déranger ; elle va descendre.

A mon tour, je m'informai de la tante Rose ; le type de cette presque centenaire avait vivement excité ma curiosité, lors du récit de Fontanelle.

— Oh !... oh ! fit Pétronille, vous ne la verrez point ce soir, la tante Rose. Elle était bien trop fatiguée de sa grand'course d'à ce matin, elle est allée se coucher dès en même temps que le soleil.

Quelle était cette grande course ? Roger ne parut pas curieux de l'apprendre ; je craignis d'être indiscret en le lui demandant.

En ce moment, d'ailleurs, le frôlement d'une robe se fit entendre dans l'escalier sonore, un tremblotant filet de lumière encadra la porte à laquelle il aboutissait, et presqu'aussitôt, cette porte s'ouvrant, une jeune fille apparut... c'était Bernardine !

Ah ! pour le coup, je compris Roger, et, comme il me l'avait promis lui-même, je l'admirai, je l'enviai. Mieux encore, je crus immédiatement à sa transformation, à son amour, à sa volonté, à tout ce qu'il m'avait dit : la céleste créature qui venait d'entrer était bien faite pour accomplir des miracles.

## X

Raphaël, Murillo, Rubens ont immortalisé tour à tour, dans la divine image de Marie, l'idéal de la beauté chrétienne.

Bernardine réunissait en elle quelque chose de ces trois types sublimes.

Elle avait la pureté de lignes et la transparente distinction de la vierge italienne ; la grâce chaste et le charme puissant de la vierge espagnole ; les grands yeux bleus, l'ondoyante chevelure blonde, et l'adorable carnation de la vierge flamande.

Elle était grande, élancée, et bien qu'un peu frêle encore, mignonnement arrondie dans toutes ses formes. Ses moindres allures étaient empreintes d'une dignité simple et pudique, qui, tout aussitôt, inspirait la sympathie et le respect. Sa modeste robe de laine, d'un gris presque bleu, avait ces plis longs et sévères qui rappellent les statues antiques. La lumière qu'elle portait en ce moment se reflétait en plein sur son visage, et, rayonnant sur l'or de ses cheveux, les encerclait d'une sorte d'auréole. Jamais je n'oublierai cette première impression.

Roger nous présenta l'un à l'autre. Elle me salua d'une façon vraiment charmante, et dans son frais sourire, j'entrevis briller des dents admirables.

Stupéfait de rencontrer à la fois tant de perfections réunies, délicieusement ému par le charme indicible qui émanait de cette angélique jeune fille, presque interdit, j'essayai de balbutier un compliment, fort bête sans aucun doute, et dans lequel je dus infailliblement la comparer à une fleur, à une perle, à une étoile.

Bernardine, très-heureusement, me prit en pitié, et m'interrompit par quelques mots d'une très-grande simplicité, mais dans lesquels il y avait assurément beaucoup plus d'esprit que dans tout ce que je venais de lui dire.

Quelques minutes plus tard, elle présidait le souper, un souper semblable à ceux que m'avait décrits le vicomte, et jamais je n'ai vu maîtresse de maison s'acquitter plus dignement de cette tâche ; on eût dit une jeune châtelaine de la vieille Normandie féodale.

Lorsque toutes les assiettes furent remplies, Pétronille en présenta une dernière en disant :

J'aime Bernardine! (Page 11.)

— Pour ma tante Rose?

— C'est vrai! fit Bernardine avec un doux accent de regret. J'allais l'oublier, moi... pauvre tante Rose!

— Moi, je ne l'oublie point, se récria Pétronille, et je m'en vas lui monter ça tout de suite, car la fatigue des jambes ça n'empêche point l'appétit.

— C'est bien, dit Jacques, c'est très-bien, ma fille ; j'aime à te voir empressée ainsi au service de la tante Rose.

— La tante Rose! reprit Pétronille avec un naïf enthousiasme. Ah mais! c'est que je l'aime bien... j'irais pour elle au bout du monde, et sans sabots encore... ah mais!

— Je te sais gré de ce bon sentiment-là, reprit Jacques, mais il est tout nouveau chez toi, ce me semble ; car, si j'ai bonne mémoire, il y a quelques jours encore tu te plaignais sans cesse des sévérités de la tante Rose, et souvent j'ai dû te réprimander à propos de ton manque de respect envers elle.

— Oh! c'est que je ne savais point alors ce que je sais maintenant..., c'est que, depuis quelques jours, elle m'a causé.

— De quoi donc?

Pétronille s'arrêta tout net, rougit jusqu'aux oreilles, et revenant à sa réponse ordinaire :

— Je ne sais point, conclut-elle.

Puis, emportant le souper de la tante Rose, qu'elle avait complété durant ces derniers mots, elle s'empressa de monter à l'étage supérieur.

Mais, avant de refermer la porte, elle lança dans la direction du vicomte un second regard pareil à celui que j'avais remarqué déjà, et qui me fit venir inopinément à l'esprit cette déduction, plutôt instinctive que logique : Il y a au Mesnil une sourde opposition contre Fontanelle ; c'est par Fidèle que cette opposition a commencé...; elle aboutit à Pétronille... Qui sait si dans le milieu ne se trouve pas la tante Rose?

La fatigue était grande chez tous les gens de la ferme, et le repas se termina promptement. Jacques ne tarda pas à se retirer ; Pétronille était remontée pour la seconde fois auprès de l'invisible tante Rose, qui probablement *lui causait* ; Bernardine, Roger et moi, nous restâmes seuls tous les trois dans la grand'salle.

Après un instant de silence, durant lequel chacun de nous prêta rêveusement l'oreille à tous ces vagues bruits du crépuscule, symphonie que chantent les campagnes avant de s'endormir, Roger entama l'entretien, et Bernardine, bien que parlant très-peu, ne tarda pas à faire preuve d'un rare bon sens, d'une vraie sapience normande. Souvent même il lui échappait, mais sans qu'elle parût en tirer orgueil, et tout naturellement, comme des fleurs s'échappe le parfum, des expressions harmonieuses et poétiques.

Bientôt, sur la demande de son fiancé, elle se mit au piano; elle chanta. Cette fois encore, Roger ne m'avait pas trompé : Bernardine était réellement une grande musicienne, et sa voix surtout, bien qu'elle ne cherchât pas à la faire briller, sa voix avait un timbre, une pureté, une douceur, qui pénétraient l'âme et la transportaient jusqu'au ciel. Et puis, quelle tendre animation dans ses grands yeux bleus! Quel incomparable coloris sur ce charmant visage, sur cette peau si fine et si blanche, à la fraîche surface de laquelle l'inspiration faisait, pour ainsi dire, éclore des roses! Ce n'était plus Bernardine que j'avais devant moi, c'était sainte Cécile elle-même!

Une chose surtout m'étonnait en elle : c'était la complète naïveté de son innocence. L'amour n'y avait porté aucune atteinte, et pareille à ces neiges alpestres auxquelles la main de l'homme n'a jamais atteint, elle conservait encore la blancheur immaculée de la première enfance. Oh! oui, Roger m'avait dit vrai, lui, ce Parisien, ce roué que nous surnommions Faublas, il avait été tellement intimidé, dérouté, transformé par cette austère et sainte candeur, que, tout en aimant Bernardine; que, tout en s'en faisant aimer, il n'était pas sorti du respect et de l'adoration, il n'avait pas plus fait om-

Sceaux. — Typ. et stér. M. et P.-E. Charaire.

N° 201
ROMANS POUR TOUS

LE MESNIL-AU-BOIS
Par Charles DESLYS

10 centimes.
ROMANS POUR TOUS

Il marchait devant nous. (Page 14.)

bre en elle qu'un pieux pèlerin n'en fait à la blanche madone au pied de laquelle il s'agenouille. Ce n'était pas seulement de corps que Bernardine était vierge, c'était encore d'esprit, c'était surtout de l'âme.

Il devait être fort tard déjà lorsqu'elle prit congé de nous et remonta vers sa chambre, comme escortée par le sillon de lumière que projetait au loin derrière elle la lampe qu'elle tenait à la main.

Roger ni moi n'avions envie de dormir ; nous passâmes dans le verger.

— Eh bien ! me demanda-t-il dès le second pommier, eh bien ! qu'en dis-tu ?

— Je dis, m'écriai-je, qu'il n'y a pas au monde une seconde Bernardine ! Je dis que si tu as jusqu'au bout le courage de ton bonheur il n'y aura pas sur la terre un homme plus heureux que toi.

— Le courage ! murmura-t-il avec un accent quelque peu fiévreux. Oh ! oui, je l'aurai, ne fût-ce que pour conquérir le droit de dire à la tante Rose : Elle est à moi, bien à moi ; laissez-nous donc nous aimer en liberté !

Cette boutade inattendue me remit aussitôt en tête mes observations, ou plutôt mes pressentiments de toute la soirée.

— J'ai donc deviné juste ? repris-je à demi-voix ; la tante Rose est ton ennemie ?

— Mon ennemie !... non. Mais elle est là, toujours là, entre nous... ça devient insupportable !

— Il me semble cependant que ce soir...

— Ce soir, elle savait bien que tu ne me quitterais pas, et certaine d'avoir un remplaçant elle s'est donné congé pour

quelques heures. Mais demain, elle recommencera, j'en suis bien certain, à m'épier, à me taquiner, à me tyranniser ! Plusieurs fois déjà nous avons eu maille à partir ensemble ; mais qu'elle n'y revienne plus, ou sinon...

Le vicomte paraissait furieux.

— Tout beau ! lui dis-je, un peu de patience, et grâce je t'en supplie, pour la tante Rose ! Je ne la connais pas encore ; mais je ne sais pas pourquoi je me sens tout disposé à l'aimer, cette pauvre bonne vieille ! C'est dans ton propre intérêt qu'elle agit ainsi : il ne faut jamais escompter le mariage ! D'ailleurs, Bernardine me semble assez bien gardée par sa propre vertu, et c'est une de ces fiancées auxquelles on peut être fier de faire sa cour devant tout le monde. N'attriste donc pas ton bonheur pour une bagatelle, et jouissons sans arrière-pensée de cette belle nuit, qui semble faite tout exprès pour le doux épanouissement des rêves d'avenir !

Effectivement, le spectacle qui se déroulait de toutes parts autour de nous était sublime. Au milieu d'un ciel tout semé d'étoiles, comparables à de grands yeux qui regardaient la terre en souriant, la lune, trônant sur quelques légers nuages d'opale, irradiait sur les masses vertes de la côte et sur l'immensité de l'Océan, comme une pluie de diamants et d'escarboucles. Il en restait de suspendus dans les arbres, il en tombait parmi les herbes du verger, il en tremblotait sur la façade du vieux Mesnil et jusque parmi les ferblanteries bizarres de son grand toit pointu. Une douce brise, soufflant de la mer, courbait gracieusement la tête des arbres, et chantait en sourdine dans leur feuillage. Dans la nature tout entière, on sentait, je dirais presque on entendait, cette multitude fermentation, ce travail harmonieux de la terre au printemps, de la terre en amour !

— Tu as raison, me dit Roger, ne pensons qu'à elle... Tiens, tiens... elle veille encore, elle est là.

Du doigt il me montrait une fenêtre, la seule éclairée de

tout le Mesnil, et que tapissaient, qu'encadraient à l'envi toutes les plantes grimpantes de la façade. Une guirlande fleurie coupait même à deux reprises l'ouverture et la subdivisait ainsi qu'un trèfle gothique, dont la lumière intérieure faisait ressortir les moindres ornements. Il y avait enfin, vers le centre, une large feuille de vigne, qui s'étalait avec une sorte d'art, et de loin ressemblait à une transparente émeraude. C'était bien là la fenêtre de Bernardine.

Assis tous les deux, ou plutôt couchés dans l'herbe, mais ne parlant qu'à demi-voix de peur de troubler le calme si profond de cette belle nuit, et comme énivrés par les pénétrantes senteurs qui s'en exhalaient, nous restâmes à rêver en regardant cette fenêtre, et, bien après que la lumière s'y fut éteinte, nous rentrâmes.

En ce moment même, minuit sonnait au rustique coucou qui décorait la salle basse.

— Que ferons-nous demain? demandai-je au vicomte, tout en prenant l'un des deux bougeoirs préparés pour nous.

— Demain? fit Roger. Oh! oh! demain nous nous reposons, car la fatigue d'aujourd'hui m'a brisé, et, pour mon compte, je veux redormir enfin une grasse matinée. Reste donc très-tard au lit, je ferai de même, et puis après... nous verrons!

Je serrai la main de Fontanelle, et je montai dans ma chambre.

Un superbe lit m'attendait, un lit d'une telle hauteur qu'une échelle n'eût pas été de trop pour y monter.

J'escaladai nonobstant cet édifice, au milieu duquel je disparus, submergé dans la plume.

Quelques minutes après, rêvant à demi déjà, je me disais:

— Mon Dieu! gratifiez-moi donc aussi d'un naufrage sur cette verte côte... Faites que j'y sois recueilli par une autre Bernardine... s'il en est... que je l'épouse, et qu'à mon tour, je devienne un fermier normand. C'est là le bonheur!

## XI

— Où donc que vous allez? me cria le lendemain matin Pétronille, au moment où j'enjambais la première marche de l'escalier conduisant à la chambre de Fontanelle.

— Où je vais? répondis-je. Eh parbleu, réveiller mon ami.

— Ce n'est point la peine de vous déranger pour ça, monsieur. Y a déjà longtemps qu'il est décampé.

— Depuis quand donc? demandai-je, tout surpris que Roger n'eût pas fait le paresseux, ainsi qu'il le désirait si fort, ainsi qu'il me l'avait annoncé lui-même.

— Eh! pardine, monsieur, depuis le potron-minette.

— C'est-à-dire depuis le lever du soleil!

— Oui, monsieur.

De plus en plus stupéfait, je me récriai, et, avec un accent de commisération profonde :

— Pauvre garçon !

— Fait est que ça n'avait pas l'air de lui aller du tout, reprit narquoisement Pétronille. C'est moi qui l'ai réveillé.

— Toi, malheureuse !

— Dame!... c'est la tante Rose qui me l'avait dit.

— La tante Rose?... Ah!... ah!...

— V'là donc que j'entre dans la chambre à M. Roger comme c'est mon accoutumance depuis qu'il est paysan, comme il me le recommande lui-même chaque soir...

— Excepté hier !

— Excepté hier, oui... Mais il y a le bottelage aujourd'hui, et ça presse, vu l'orage qui menace... La tante Rose en répond; elle a son *rhumatisse*. J'entre donc. Ohô... ohé ! il ne bougeait pas plus qu'un soliveau... en vous respectant! j'avance jusque dans son oreille, et bien plus fortement encore je lui crie : ohé donc... ohé donc ! voici le jour... Il entr'ouvre un œil, et d'un ton tout encoléré : Je veux qu'il fasse nuit pour moi jusqu'à neuf heures ! qu'il me répond. Mais je ne m'intimide point de cette première rebuffade, et je reprends : monsieur, vous m'avez enjoint de vous tarabuster, de vous bousculer, et même, au besoin de vous inonder, jusqu'à ce que vous soyez debout... Je suis dans mon droit. Prenez garde ! Il n'en tient compte et se renfonce dans son lit, ni plus ni moins qu'un blaireau dans son trou. Je ne fais ni une ni deux; je commence à le bourrer d'une main, de l'autre à tirer les couvertures. Il marmotte des gros mots à mon égard; je ne l'en secoue que plus fort, et finalement, comme il se fâche, je lui flanque à la tête une grande potée d'eau. Il me l'avait dit, monsieur ; j'étais dans mon droit...

— Mais pas hier soir ! observai-je en guise de parenthèse, mais pas pour ce matin !

Pétronille ne parut point remarquer cette interruption ; mais elle quitta la fière attitude qu'elle avait prise, et se campant les deux poings sur les hanches, elle se prit à rire aux éclats :

— Ah ! ah ! ah ! monsieur, la drôle de figure qu'il me fit... je crois la voir encore. Il me disait des choses... Mais ça m'était bien égal à moi, je suis-t-un garçon ! Et retranchée derrière le grand fauteuil qu'il a fait monter dans sa chambre, avec le restant de ma potée, bravement je le menaçais encore : Habillez-vous vivement, notre maître, ou je redouble.

Et, prenant une chaise qui se trouvait sous sa main, elle simula la mise en scène de la situation.

— Décidément, lui dis-je, vous êtes impitoyable, Pétronille, et vous devez avoir rendu mon pauvre ami bien malheureux.

— Je le croirais assez, reprit-elle sans le moindre remords, car il avait une fière envie de se recoucher. Mais pas moyen, la couchette était toute mouillée. Fallut bien se résigner à vêtir ses hardes. N'allez pas croire, cependant, qu'il renonçât encore au sommeil. Oh! que non. En avait-il une envie, mon doux Jésus! mais en avait-il une!

— Pauvre Roger !

— Je n'en aurai pas le démenti, dit-il, je m'en vas dormir dans la grange ! Et il y allait, monsieur, tout en bougonnant sous son grand chapeau, qu'il avait enfoncé jusque sur ses oreilles, ni plus ni moins qu'on fait d'un bonnet de coton par une rude nuit d'hiver. On eût quasiment dit qu'il ne voulait pas voir le jour. Mais voilà que, sur le seuil, il se rencontra face à face avec la tante Rose, et, bon gré mal gré fallut bien se rendre au bottelage.

— Vraiment... quel moyen employa-t-elle donc? Il me semble qu'après les tiens...

— Oh! monsieur, elle ne lui jeta point d'eau... mais elle lui dit des choses...

— Quelles choses?...

— Des choses très-bien, monsieur, et surtout très-polies ; qu'elle lui demandait humblement pardon de l'avoir fait réveiller comme à l'ordinaire, bien qu'il ne m'en eût pas renouvelé l'ordre la veille au soir;... qu'elle avait pensé que c'était par oubli;... qu'elle croyait qu'il voulait persévérer dans son apprentissage, et que ça pressait, vu le prochain départ de Jacques;... que lorsqu'on renonce à la fortune, il faut savoir se mettre immédiatement au travail; qu'il est de ces jours dans l'année où les plus riches cultivateurs, où les plus paresseux eux-mêmes, retroussent la manche et se mettent à la besogne, car l'orage n'attend personne, et souvent une seule heure de retard occasionne de grandes pertes! Que sais-je encore, moi? Tout ce que je puis vous garantir, c'est qu'il n'a plus songé au chemin de la grange, et qu'il a pris directement celui du pré.

Je n'en demandai pas davantage, j'avais compris, et je plaignais à part moi le vicomte ; les malignes excuses de la tante Rose avaient dû lui sembler bien autrement cruelles que les bourrades et que l'aspergement de Pétronille!

Voyant que je ne l'interrogeais plus, la rustique servante avait repris son balai pour achever le lavage des abords de la maison, et, les jambes nues, la cotte retroussée jusqu'aux genoux, les sabots à demi-submergés, elle s'escrimait d'estoc et de taille avec une sorte de fougue vigoureuse, qui n'eut pas manqué d'exciter l'enthousiasme de M. Courbet, si d'aventure il eût passé par là.

Après quelques minutes d'incertitude, l'idée me vint d'aller tout d'abord souhaiter le bonjour à Bernardine, et pour demander où je pourrais la trouver, je repris la parole.

— Elle est *itou* dans le pré, répondit Pétronille. V'là pas tant seulement un quart d'heure qu'elle est partie avec Jean, qu'est not' domestique, et Martin, qu'est not' baudet... sauf vot' respect... pour porter la collation aux botteleurs. Ce n'était pas, cependant, l'accoutumance à mademoiselle; mais, cette fois-ci, parmi les botteleurs, il y a M. Roger!

Et, satisfaite de ce coup de patte, la maritorne normande se fendit la bouche jusqu'aux oreilles : elle souriait.

— Il n'y a donc personne à la ferme? fis-je avec un commencement de mauvaise humeur.

— Il y a moi! riposta dignement Pétronille, moi seule, car, tout aussitôt après son petit sermon d'à ce matin! la tante Rose est sortie pour sa grand'course!

Dans ce dernier mo', qui me revenait pour la seconde fois à l'oreille, il y avait eu cette fois une importance qui tenait presque du mystère.

— Quelle grande course? fis-je donc avec une certaine curiosité.

— Eh!... pardine... son pèlerinage!

— Quel pèlerinage?

— Sa neuvaine, donc... sa grande neuvaine à Notre-Dame-de-Grâce!... Croiriez-vous, monsieur... croiriez-vous qu'à son âge, et presque toute *perclute* qu'elle est, elle s'en va chaque matin, toute seule, à pied, pieds nus, jusqu'à la chapelle de la côte!...

— Mais il y a plus de deux lieues d'ici là! me récriai-je, n'y pouvant croire encore.

— Deux lieues et demie, monsieur! tout autant pour revenir. En tout cinq. Et voici déjà quatre jours qu'elle tient bon! Et ça doit durer ainsi jusqu'au neuvième, qui se trouve être précisément celui du mariage de mademoiselle Bernardine.

— Mais comment Jacques n'a-t-il pas exigé que quelqu'un l'accompagnât, la soutînt?...

— Elle ne l'a pas voulu, monsieur; elle prétend que ça regarde uniquement le bon Dieu, qui n'exauce que ceux qui

ont le courage, dit-elle, et qui donne la force à tous ceux que met en marche la ferme volonté de la prière.

— Mais pour qui cette prière? mais dans quel but cette neuvaine?

— Ah! conclut Pétronille en retrouvant aussitôt son visage bête et ses quatre notes favorites. Ah! je ne sais point.

Puis, comme enchantée qu'une occasion lui permit de ne point être questionnée davantage :

— Tenez! s'écria-t-elle en étendant le bras vers la barre de l'enclos, tenez, monsieur, si vous doutez de mes paroles... voici justement la tante Rose qui revient! Faut bien vrai que le bon Dieu la soutienne, car elle n'a pas mis plus de cinq heures aujourd'hui, et, comme vous le pouvez voir, constante à son vœu jusqu'au bout, elle porte encore ses chaussons et ses sabots à la main!

C'était vrai : l'héroïque pèlerine s'avançait pieds nus, et quelques gouttes de sang figé sur une peau jaunie comme un vieil ivoire, attestaient, hélas! que les cailloux du chemin n'avaient pas respecté leur courage. Ses pas étaient courts, saccadés, mais vifs encore et, j'oserais presque le dire, alertes. On eût pu croire qu'un ressort secret la faisait mouvoir, et que, secousse par secousse, elle était attirée en avant par quelque magnétisme inconnu. Par sa pose aussi, par la rigidité de tout le haut de son corps, elle tenait du somnambulisme : le plus puissant de tous les fluides n'est-il pas la foi? Bref, elle marchait la tête légèrement inclinée vers le sol, et l'âme tellement absorbée dans la dernière oraison de son vœu, que, grâce au ciel, j'eus le temps de l'examiner tout à l'aise.

Vous souvenez-vous du portrait de la mère de Rembrandt peint par lui-même? Eh bien! la tante Rose, c'était cette bonne et grave vieille-là!... Son visage, d'un bistre propret, se sillonnait d'une multitude de rides, menues, effilées, extrêmement mobiles, et par conséquent très-expressives. Elle avait le front haut et étroit de toutes les personnes pieuses, le nez mince et busqué qui dénote les mœurs austères, la bouche très-rentrée et le menton très-saillant, signes infaillibles d'une volonté patiente et tenace. Dans ses yeux, parfois vifs et pétillants comme des yeux de toute jeune fille, mais le plus souvent voilés, soit par les paupières elles-mêmes, soit par de grandes lunettes de forme antique, il y avait une tendresse infinie, une douce sévérité, une tout attrayante droiture, et souvent aussi, alors que son sourire un peu étrange venait accentuer son regard incisif, une malicieuse bonhomie, une causticité toute gauloise. Il ne faisait pas bon être son ennemi; bien qu'elle n'eût plus de dents, elle mordait ferme. Pour ceux qu'elle estimait, qu'elle aimait, c'était le dévouement incarné; pour tout un chacun, c'était une bonne vieille de haute expérience et de sage conseil.

Ce ne fut que plus tard que j'analysai tout cela; mais, dès la première rencontre, je le devinai, et je me dis aussitôt : Bien décidément l'instinct ne trompe jamais, j'ai eu raison de dire que j'aimerais la tante Rose! Brave vieille, va... bonne grand-maman bon sens, comme l'appelle Jacques, à ton approche, j'ôtai respectueusement mon chapeau, et plus encore de cœur que de la tête, je te saluai, en ajoutant à part moi : Voici quatre-vingts ans de droiture et de bonté qui passent!...

En recevant ce juste hommage, elle rejeta tout à coup sa haute taille, que jusqu'alors elle avait tenue quelque peu voûtée, et me fit cette méthodique révérence dont m'avait parlé le vicomte, une vraie révérence de princesse douairière! Puis, sans dire un mot, sans me regarder, sans même discontinuer la prière qu'elle marmottait tout bas, elle poursuivit son chemin avec une telle raideur automatique que pas un pli ne bougea ni dans sa courte jupe noire, ni dans son noir mantelet doublé de blanc, ni dans son blanc bonnet à demi-ruche saillant d'un étroit bandeau noir, un bonnet de veuve!

Depuis la mort de son mari, sombré en mer la semaine même du mariage, c'est-à-dire depuis plus de soixante ans, elle n'avait plus quitté le deuil !

Ce fut Pétronille qui me glissa ce dernier renseignement à l'oreille, tandis que la tante Rose arrivait à la maison, et s'asseyait sur le banc de pierre qui en flanquait hospitalièrement le seuil.

Une fois assise, elle secoua proprettement ses chaussons noirs, puis se pencha pour les remettre, et, se relevant dans ses sabots, rentra définitivement à la ferme.

Tel était probablement le texte littéral de son vœu : Sortir du Mesnil et y rentrer pieds nus. Oh ! oh ! la tante Rose n'équivoquait pas avec la promesse qu'elle avait faite au bon Dieu.

Quant à ce qu'elle lui demandait avec tant d'instance, une fois encore j'interrogeai Pétronille, une fois encore Pétronille se renferma dans son impénétrable *je ne sais point*.

Je pris le chemin du pré.

XII

Un doute, cependant, ne tarda pas à m'inquiéter : était-ce bien le même pré que le pré de la veille ?

J'avais l'expérience maintenant des recherches à travers la campagne normande, et déjà la peur me prenant, j'allais retourner sur mes pas, lorsque fort à point, je fis la rencontre de deux grandes charretées de foin qui regagnaient en toute hâte le Mesnil.

Grâce au ciel, j'étais dans la bonne route. Je dis grâce au ciel, parce que la chaleur devenait plus insupportable encore que le jour précédent; sauf une grosse nuée noire qui montait à l'horizon, on eût pu dire que l'azur était complètement en feu.

Par bonheur, la prairie n'était plus qu'à peu de distance; en moins de dix minutes, j'y fus arrivé.

Roger m'avait aperçu de loin; il accourut au-devant de moi.

Bien qu'un reste de fatigue se lût sur ses traits, et que les gros yeux bouffis que Pétronille m'avait dépeints ne fussent pas encore parfaitement éveillés, il affectait un air vaillant et réjoui.

— Paresseux !... me dit-il en guise de bonjour. Oh ! oh ! ce n'est pas comme moi. Vois plutôt !... Malgré ma fainéante velléité d'hier soir, je me suis levé de moi-même à quatre heures du matin, et depuis ce temps-là je travaille. Ah ! ah ! c'est qu'il ne faut pas badiner avec les foins !

Sous cette effrontée bravade, pour moi surtout qui connaissais le dessous des cartes, il y avait un reste de dépit, presque de colère.

— Oh ! oh ! pensai-je à part moi. Tu ne me dis pas toute la vérité, mon cher vicomte, et, dans le fond de ton cœur, il existe donc des recoins où tu ne m'as pas encore laissé lire.

Je ne laissai rien paraître de cette impression, et je suivis Roger, qui, cérémonieusement, me conduisit vers l'autre extrémité de la prairie.

Là, dans un repli de terrain, dont quelques pommiers faisaient une sorte d'oasis, un joyeux spectacle se dévoila presque inopinément à mes regards.

Diversement assis sur des bottes de foin, les travailleurs formaient un cercle animé, au centre duquel se tenait Bernardine, armée d'une grande cuiller de bois, qu'elle plongeait de temps en temps dans une ample marmite placée devant elle; une marmite d'où s'échappait à foison l'appétissante fumée de la soupe au choux !...

Bien que la situation fût quelque peu triviale, la belle fiancée du vicomte avait su trouver l'art de s'y montrer charmante encore, et c'était avec une distinction réelle, avec une toute communicative gaieté, qu'elle présidait à cette scène ou plutôt à cette *cène* champêtre, que complétait le baudet, déjeunant d'autre part à même une meule aux trois quarts éventrée sur l'éminence voisine, et dans la compagnie de laquelle il se profilait pittoresquement, sur l'azur du ciel, avec ses deux paniers sur les hanches !

— Il en reste encore, répliqua gracieusement Bernardine à mon compliment; en voulez-vous ?

— Comment donc ! me récriai-je vivement, mais avec enthousiasme !...

En même temps, et avec des façons de convive romain, je pris place sur la fraîche litière. Bernardine me fit large part, mon voisin de gauche courut me laver une cuiller au ruisseau, mon voisin de droite me passa l'écuelle, et tout aussitôt j'attaquai vaillamment la pyramide parfumée qui la surmontait.

Roger ne parut nullement satisfait de ma pantagruélique humeur.

— Comment !... fit-il, tu aimes ça, toi ?...

— La soupe aux choux... j'en raffole !

— Depuis quand ça ?

— Depuis toujours... C'est ma première passion gourmande, et je lui dois la vie !...

— Oh ! par exemple... quant à celle-là...

— C'est la vérité pure... écoute plutôt. Je fus un enfant très-chétif, et pour me faire vivre, en dernier ressort, on m'avait envoyé à la campagne, avec recommandation très-expresse que je ne fusse nourri que de laitage, de petites choses très-légères, de presque rien. C'était un très-fameux docteur qui avait imaginé ce traitement; tu penses s'il était suivi à la lettre ! Aussi je continuais de m'étioler, de dépérir à vue d'œil... Mais voilà que tout à coup je découvre dans le voisinage une certaine mère Berlinguin, qui avait du bons poils au menton, et qui fabriquait quotidiennement de la soupe aux choux... dans le genre de celle-ci ! Alléché par l'odeur, j'en demande. On m'en donne en cachette. J'y retourne le lendemain, j'y retourne tous les jours... et avec le plus profond mystère !... car la mère Berlinguin me disait : Si tu ne dis rien, j'augmente la dose !... Elle l'augmenta tant et si bien que je repris des forces, des couleurs, et qu'au bout d'un mois à peine, j'étais devenu gros et gras comme un petit moine. Et le médecin de se glorifier de ce superbe résultat ! Et toute la famille de s'incliner devant un tel faiseur de prodiges ! Mais plus tard, quelle stupéfaction ! quel revirement, lorsqu'on découvrit que ce qui m'avait sauvé... c'était tout simplement la soupe aux choux de la mère Berlinguin !... Il est vrai qu'elle était fameusement bonne... mais pas plus que celle-ci, je te connais... et je demande *bis* !

Bernardine remplit de nouveau mon écuelle, et l'assistance égayée se releva pour retourner au travail.

Roger seul resta près de moi; lui seul il n'avait pas'ri.

— Baffre à ton aise, me dit-il d'un ton quelque peu gogue-nard. Quant à moi, outre que je ne suis pas en appétit d'aussi bonne heure, et que je n'ai pas les mêmes motifs de recon-naissance envers la soupe aux choux, mon estomac reste gen-tilhomme, je te l'avouerai franchement, et répugnera toujours à de semblables encanaillements. Ce n'est pas un mets cela, c'est une pâtée... Pouah !

— Pouah... tant que tu voudras... Mais c'est dommage qu'il n'en reste plus. Voilà ma conclusion. Et puis, dis donc, j'y pense, Bernardine en a mangé tout comme nous autres !...

Le vicomte ne répondit rien ; mais je remarquai qu'il avait rougi.

Nous remontâmes au niveau de la prairie.

C'est encore un pittoresque et réjouissant tableau que le bottelage ! Ceux-ci montent à l'assaut des meulons, et les éventrent, et les renversent, et les mettent en pièces, ainsi qu'autant de fortins conquis ; ceux-là préparent les liens, rou-lent les bottes et les empilent dans les grandes charrettes bleues, tout à l'entour desquelles finissent par se dresser in-cessamment de grosses masses d'herbes enfourchées. Et puis il y a de bon chevaux gris, les chevaux de labour, qui, le cou de travers et l'œil presque en goguette, s'en donnent à cœur-joie du foin vert qui leur monte jusqu'au ventre. Il y a enfin des femmes et les enfants qui manœuvrent çà et là du rateau, afin que rien ne se perde. C'est charmant.

Roger et moi, nous nous étions enrôlés comme volontaires parmi ces espèces de tirailleurs, et pour ma part je n'y allais pas de main-morte; on eût dit, Dieu me damne, que je vou-lais mériter de l'avancement.

— C'est l'effet de la soupe aux choux ! ricana Fontanelle, auprès duquel je vantais orgueilleusement mon entrain au travail.

— Mon cher vicomte... lui répliquai-je en remettant ma ja-quette, mais alors que tout fut parachevé, mon cher vicomte, je ne prétends pas dire que tu ne deviendras pas bientôt un agronome des plus distingués, mais ce dont je réponds, c'est que, jusqu'à présent, le plus paysan de nous deux, c'est moi.

Et là-dessus nous emboîtâmes le pas derrière les deux der-nières charrettes, qui, comparables à des navires levant l'an-cre pour rentrer au port, s'ébranlaient avec de lourdes oscil-lations vers les granges.

Au moment même où la dernière botte de foin était à l'abri, l'orage éclata tout à coup, et la tante Rose, s'approchant de Roger, lui dit avec son air de malicieuse bonhomie :

— Vous voyez bien, monsieur, qu'il ne faut pas m'en vou-loir, et que j'avais raison.

## XIII

Lorsqu'on n'habite qu'accidentellement la campagne, et qu'au milieu d'une pure et riante journée, toute resplendis-sante de soleil, le ciel s'assombrit tout à coup, lorsque la pluie se met à tomber, non pas une pluie d'été, mais une pluie d'hiver, une pluie grise, une pluie continue, une pluie muette (il y a des pluies qui parlent, il en est même qui chantent!), l'âme aussi se voile, s'attriste, se consterne, et, sans s'en ren-dre compte à soi-même, on devient d'une humeur d'Anglais qui a le spleen.

Roger et moi, nous éprouvâmes tous les deux cette maussade impression. Roger surtout ; la journée pour lui avait com-mencé mal !

Nous étions dans sa chambre, et nous fumions, ou plutôt nous charbonnions des cigares, tout en regardant pleurer les vitres.

— Pourquoi ne me causes-tu pas, toi, qui dois avoir à dire tant de choses! m'écriai-je enfin. A quoi penses-tu donc ?

— Moi ? fit-il langoureusement, je ne pense à rien. J'écoute.

— Qu'écoutes-tu ?

— En moi-même, il me semble qu'il y pleut aussi.

Puis, se prenant à bâiller :

— Ah ! fit-il. Ce doit être bien triste à la campagne... les semaines de pluie !

— Prends garde... observai-je ce ..t; le Mesnil est en Normandie, et, c'est notoire, en Norr..ndie il pleut pour le moins un mois sur deux.

Il se leva sans me répondre, et fit plusieurs tours dans la chambre.

— Puis, du ton de quelqu'un qui se raccroche aux bran-ches :

— Descendons, dit-il soudainement... Peut-être trouverons-nous en bas Bernardine.

Il était écrit que ce jour-là, aucun des rêves du vicomte ne se réaliserait : la grande salle était déserte.

Au bout de quelques minutes, cependant, la porte vers la-quelle chacun de nous tournait de temps en temps les regards, s'ouvrit enfin, et, précédée de Pétronille, Bernardine entra.

Elle avait la demi-toilette des paysannes aisées qui s'en vont à la ville, et, chose à remarquer, il sembla qu'elle rame-nait avec elle le soleil. Au même instant qu'elle saluait en souriant, il y eut une éclaircie dans le ciel et sur le seuil un soudain rayon, qui transforma toutes les gouttelettes suspen-dues aux alentours en autant de perles de cristal.

— Ah!... s'écria Fontanelle, ravi jusqu'aux larmes, ah ! dé-cidément, Bernardine, les gens du pays ont bien raison de le dire, vous êtes une fée... la fée du beau temps! Venez vite vous asseoir auprès de nous, et faites revenir aussi le soleil dans nos âmes... et causons!

— Je le voudrais, fit-elle avec un geste de regret ; mais c'est après-demain la Fête-Dieu, et notre bon vieux curé m'at-tend pour convenir ensemble de la décoration des reposoirs et de l'église. Il faut que je parte à l'instant...

— Soit, fit avec empressement Roger, je vous accompagne.

— Oh! merci, monsieur, vous me remplacerez, s'écria Pé-tronille, en lui tendant le gigantesque riflard écarlate dont elle était armée. Vous tiendrez le parasol en cas d'averse, et vous trotterez à côté de mademoiselle, qui tout naturelle-ment va monter sur Martin, qu'est notre baudet... sauf votre respect !

Déjà le vicomte avait reculé, déclinant du geste ce grotes-que rôle.

L'indulgente Bernardine ne se formalisa nullement de cette lèze-galanterie champêtre, et, avec un tout gracieux sourire :

— Restez, dit-elle ; restez, mon ami ; vous devez être fati-gué. Reposez-vous, je serai bientôt de retour.

Et sur la pointe de ses pieds mignons, marchant à travers les flaques d'eau, elle traversa la cour, au bout de laquelle

Martin, tout fier de l'honneur qu'il allait avoir, entonnait par avance une triomphante fanfare.

— Au fait, conclut Roger, dès qu'elle eut disparu de l'autre côté de la haie, au fait, elle a raison, je m'en vais dormir une petite heure.

Cette petite heure dura jusqu'au souper ; et encore, lorsque tout le monde se trouva réuni, fus-je obligé d'aller réveiller le vicomte.

— Eh bien ? lui dis-je. A ton tour, es-tu rassasié... rassasié de sommeil ?

— Tu en parles bien à ton aise, toi ? répliqua-t-il. Tu t'es levé à l'heure où il fait jour à Paris, tandis que moi...

— Dame... que veux-tu ? Les foins avant tout ?

— Les foins... les foins ! Il n'y a plus à s'en occuper maintenant, et j'espère bien que demain matin...

Au même instant, Jacques entrait, des papiers à la main.

— Monsieur Roger, dit-il, il faut que j'aille demain matin chez le notaire, pour faire préparer le contrat... Ça me regarde. Mais j'ai retenu les journaliers pour le sciage de nos colzas, et je crois que ça presse. Serez-vous assez bon pour me remplacer jusqu'à midi ?

— Moi ? balbutia Fontenelle tout confus. Mais... je ne sais pas.

— Raison de plus, interrompit Jacques, vous apprendrez. C'est une culture très-importante, et je crois qu'elle a beaucoup d'avenir dans ce pays. Vous n'aurez pas de fatigue, d'ailleurs ; il ne s'agit que d'une simple surveillance... Mais elle est nécessaire. Puis-je compter sur vous ?

Ne pouvant faire autrement, Roger se vit bien forcé de consentir.

Mais lorsque Jacques fut redescendu le premier :

— Les colzas ! maugréa-t-il à demi-voix. Les colzas, maintenant !... Et ça presse aussi... Ah ! ça... tout presse donc en agriculture...

— O poète pastoral !... déclamai-je en souriant. Souviens-toi donc des recommandations contenues dans le premier livre des *Géorgiques* !

— Va-t'en au diable !

— Merci. J'aime mieux aller souper.

A notre tour, nous descendîmes.

La soirée ne différa en rien de celle de la veille. Aux champs, tous les soirs se ressemblent... mais l'entretien et le concert qui suivirent le repas se ressentirent quelque peu de l'influence atmosphérique. Les amours sont comme les oiseaux : pour quelques gouttes de pluie, ils cessent de chanter et reploient leurs ailes.

Et puis, Jacques, la tante Rose et Pétronille étaient là. Il semblait qu'une sorte de contrainte planât dans la grande salle, et le timbre du coucou n'eût pas besoin de sonner le couvre-feu pour que chacun regagnât sa chambre, hormis cependant le vicomte et moi. Ainsi que la veille, nous passâmes dans le verger, pour faire du lyrisme sentimental au clair de la lune.

Elle était parvenue à se dégager de la brume ; elle faisait briller sur la terre l'herbe humide et les feuillages encore chargés de pluie, elle argentait dans le ciel une myriade de petites nuées capricieuses et charmantes.

Et puis il y avait toujours l'idéale fenêtre, avec ses vertes arabesques, suspendues au-devant d'une chaste et douce lumière.

Quelques instants d'une muette contemplation suffirent pour rendre à Roger toutes ses illusions, toutes ses espérances.

— O Bernardine ! se prit-il à murmurer avec une recrudescente exaltation, j'ai été lâche aujourd'hui... pardonne-moi !... J'en arriverai à vaincre toutes mes répugnances, toutes mes irrésolutions, toutes mes faiblesses. Je deviendrai ce que j'ai promis d'être ; je le veux ! et cela sera, car je t'aime, Bernardine... Oh ! oui... je t'aime !...

Le lendemain matin, effectivement, aux premiers éclats de la voix de Pétronille qui nous sonnait d'en bas le réveil, Fontenelle était debout, et, comme j'avais promis de l'accompagner, nous nous acheminions vaillamment ensemble vers le champ de colza.

Récolte intéressante encore, mouvementée, joyeuse à voir. Mais, comme je ne veux pas faire de cette simple nouvelle un cours d'agriculture, je passe la description.

Toute trace de l'orage avait disparu ; la journée s'annonçait comme devant être superbe, et, durant les premières heures matinales, le vicomte tint bon.

Mais lorsque le soleil commença à monter à l'horizon, lorsque la chaleur fit ruisseler le front des travailleurs, lorsque nous-mêmes, qui n'avions qu'à nous promener de long en large, nous nous en ressentîmes à notre tour, je ne tardai pas à m'apercevoir que, malgré tous ses efforts, Roger faiblissait.

Pauvre garçon ! il était vraiment épuisé, éreinté, à bout de forces. J'essayai de le faire asseoir ; mais sa tête se renversait forcément en arrière, mais ses yeux se fermaient malgré lui.

— Allons ! lui dis-je, rembourse-toi de l'arriéré... fais un somme. Il ne s'agit que de surveiller, après tout ; c'est Jacques lui-même qui l'a dit. Compte sur moi, je suis de bonne garde.

Fontenelle n'avait même plus la force de me remercier ; il se contenta de me serrer la main, et, avec un sourire de reconnaissance, il s'endormit, étendu dans l'herbe et le bras gracieusement replié sous sa tête blonde.

Il était réellement charmant à voir ainsi. On eût dit un berger de Lancret, un Endymion-Pompadour, et je me pris à songer pour la première fois que, s'il aimait Bernardine, Bernardine aussi devait bien l'aimer.

Pour l'un comme pour l'autre, hélas ! cet amour n'était-il pas une fatalité ?

Je secouai bien vite cette vilaine pensée, et je retournai joyeusement à mes colzas.

L'heure du premier repas arriva. Roger sommeillait encore dans son lit de mousse et, soit contagion de l'exemple, soit habitude normande, les travailleurs, aussitôt qu'ils furent rassasiés, s'étendirent à qui mieux mieux sur tous les tertres d'alentour, de manière à jouir aussi d'un peu de repos, la tête à l'ombre et les pieds au soleil.

Seulement, comme c'étaient des gens consciencieux, ils m'avaient dit préalablement :

— Nous avons jusqu'à huit heures, monsieur. Vous regarderez à votre montre, n'est-ce pas ?... et, si c'est nécessaire, vous nous réveillerez.

Une minute tout au plus après, il y avait des ronflements tout à l'entour de la pièce de colza.

Par trente degrés de chaleur, et pour un habitant de Paris, qui s'est levé à trois heures du matin, avec une si communicative harmonie dans les oreilles, avec un si engageant spectacle devant les yeux, il est assez difficile de tenir les siens ouverts. Ça devient une vraie tentation !

J'avais un devoir à remplir, cependant, j'étais comme en sentinelle... Il y allait de mon honneur !

— Marchons ! me dis-je, jusqu'à l'heure du réveil, éloignons-nous d'ici.

Là-dessus, je me dirigeai héroïquement vers l'ouverture occidentale de la haie. De l'autre côté, c'était un beau champ de trèfle rouge ; au-delà du trèfle rouge, un grand monticule jaune : du seigle déjà fauché, sans doute ; enfin à l'extrémité de ce chaume, une seconde haie, dominant tout le coteau et du pied de laquelle, par conséquent, on devait jouir d'une vue superbe.

Je montai donc jusque-là. Un frais murmure, qu'il me semblait reconnaître, arriva d'abord à mon oreille. J'écartai le feuillage, et de l'autre côté de la haie, je reconnus mon fameux raidillon de l'avant-veille.

Mais, apparition bien autrement intéressante encore, tout en haut de ce raidillon, j'aperçus la tante Rose.

Elle revenait, sans aucun doute, de son pèlerinage quotidien, de sa matinale et mystérieuse neuvaine ; car elle marchait exactement de la même allure que lors de notre première rencontre, car elle portait de même ses chaussons et ses sabots à la main, car, de même, sur cette pente extrêmement caillouteuse, elle était pieds nus.

Mais un bruit soudain me fit tourner la tête, le bruit d'une vigoureuse sabotée débouchant au bas du raidillon.

C'était, par ma foi, Pétronille, qui accourait avec de grands gestes effarés au-devant de la tante Rose.

A quelques pas en arrière de la servante essoufflée, chevauchait un homme, auquel elle semblait servir de guide.

Dans ce troisième personnage, une chose tout d'abord me frappa : la discordance qui existait entre le cheval et le cavalier.

Celui-ci était vêtu en paysan : hautes guêtres, blouse bleue, grand chapeau rabattu jusque sur les yeux ; celui-là, tout au contraire, était une superbe bête de race, harnachée à l'anglaise.

Pressentant un mystère, je me blottis contre ma haie, et, plus curieusement encore, je plongeai mes regards dans la ravine.

Malheureusement, Pétronille se rencontra par trop loin de ma cachette avec la tante Rose, et je ne pus rien entendre de ce qu'elles se disaient.

Mais lorsqu'à son tour le cavalier arriva près d'elle, et lorsque, pour la saluer, il ôta son grand chapeau, je faillis jeter un cri de surprise : ce prétendu paysan, monté sur un si beau cheval, n'était autre que M. Maniquet.

— Pourquoi ce déguisement ? me demandai-je à part moi. Pourquoi ce conciliabule ? est-ce que, par hasard, l'oncle aux millions n'aurait pas dit son dernier mot ?

Et je laisse à penser si j'ouvris les yeux et les oreilles.

Le père d'Anastasie était descendu de cheval, et parlait à la tante Rose avec une grande animation de gestes, mais avec une voix prudemment contenue. Je n'entendais rien, absolument rien, et j'en étais réduit à envier le sort de Pétronille,

qui, les deux mains en arrière, le haut du corps en avant, les yeux écarquillés et la bouche souriante, paraissait ouïr le Maniquet avec de gloutonnes délices.

Quant à la tante Rose, elle écoutait avec une taciturnité recueillie, mais en branlant déjà quelque peu la tête, comme pour indiquer que la proposition n'était nullement de son goût.

Bientôt enfin elle rompit la conférence par un catégorique geste de refus, fit au Maniquet une de ses plus belles révérences, et reprit tout à la fois son chemin et son oraison.

Mais elle était préoccupée maintenant ; j'en eus pour preuve cet étrange lambeau de litanie que je pus saisir au passage :

— *Ave Maria !...* Non, non, point de ces intrigues !... *grátia plena...* je ne veux avoir d'autre complice que Dieu... *Dóminus tecum...* etc., etc.

La suite se perdit dans le murmure du ruisseau.

Je reportai les yeux vers le haut du sentier.

L'oncle Maniquet remontait à cheval, après quelques derniers mots échangés avec Pétronille, dans la main de laquelle il mit deux napoléons.

Car je la vis bientôt repasser auprès de moi, tout en les faisant sauter dans ses mains, tout en criant avec une exhilarante allégresse :

— De l'or !... de l'or ! c'est ben de l'or ! Oh ! tant pis, ma foi !... je ferai tout ce qu'il me dira de faire... C'est de la belle et bonne or !

Et tout en elle semblait en jubilation, jusqu'au triomphant vacarme de ses gros sabots parmi les cailloux du chemin.

Quant au Maniquet, il avait déjà disparu.

N'ayant plus rien à voir dans le ravin, je me ressouvins de mes dormeurs, et, regardant à ma montre, je m'aperçus avec effroi que le moment de les réveiller était plus que venu ; ils avaient déjà dix minutes de gratification.

— Alerte ! me dis-je en m'empressant de retourner vers le champ de colza. Mais qu'espère donc l'oncle Maniquet ? A quelle intrigue refuse de participer la tante Rose ? Elle ne veut que le ciel pour complice... complice de quoi ? Quel est donc... mais quel est donc ce mystère ?

## XIV

— Promettez-moi de consentir à ce que je vais vous demander ? dit Bernardine à Roger.

Comment aurait-il pu lui refuser quelque chose en ce moment ?... Occupée aux guirlandes et aux bouquets de la fête du lendemain, elle était assise devant une fraîche jonchée de feuillage et de fleurs qui lui montait jusqu'aux genoux ; il y en avait aussi sur la table placée à sa droite, et parfois son coude y disparaissait à demi ; il y en avait encore de l'autre côté, sur le giron et dans les mains de la tante Rose, accroupie sur un bas escabeau ; il y en avait jusque dans les bras de Pétronille, qui, debout derrière sa jeune maîtresse, lui essayait, en

Depuis le *potron-minette*. (Page 18.)

souriant, la plus belle de toutes les couronnes, une couronne blanche qui venait d'être terminée pour la reine du ciel.

Ainsi entourée par les charmantes dépouilles du printemps, elle rappelait ces adorables têtes de madone que les vieux peintres flamands encadraient dans un ovale de roses, au milieu desquelles elles semblent elles-mêmes une rose de plus, une vivante rose.

Avant que l'extatique admiration dans laquelle était plongé le vicomte lui eût permis de répondre, Bernardine ajouta cependant encore :

— Il s'agit d'une chose dont j'ai cru pouvoir répondre d'avance... Roger, mon ami, ne me faites pas manquer à ma promesse !...

— Parlez ! s'écria enfin le vicomte. Mais parlez donc... vos moindres désirs ne sont-ils pas des ordres pour moi ? N'êtes-vous donc pas certaine d'être obéie avec bonheur ? Et tenez, vous êtes si belle ainsi, mon amour est si grand, que je sens en moi des forces inconnues, un courage surhumain, une foi capable d'accomplir des miracles !... Oui... Bernardine... oui... vous pouvez me demander de ces choses impossibles, telles que les capricieuses damoiselles du temps jadis en commandaient à leurs aventureux chevaliers... Faut-il aller vous conquérir un royaume ? Faut-il aller vous cueillir un supplément de fleurs au jardin des étoiles ?

— Oh ! répondit-elle en souriant, je ne suis pas si exigeante que cela. Il s'agit tout simplement de chanter demain la prose de la Fête-Dieu.

— Moi ?

— Oui... Notre bon vieux curé a appris que vous êtes un très-remarquable virtuose, et il désire bien vivement que vous

honoriez de votre talent le modeste lutrin de notre pauvre petite église. Jacques a précisément une voix de basse...

— Ah ! Jacques en sera !

— Certainement. Vous êtes un charmant ténor ! ce sera parfait. Allons, mon ami... pas de fausse honte. Notre digne pasteur sera si content ! Et puis, songez-y donc, Roger... ce sera pour le bon Dieu lui-même que vous chanterez : c'est demain sa fête !

Ainsi qu'on vient de le voir, Fontanelle ne s'était pas trop empressé de répondre ; il eût probablement préféré quelque chevaleresque équipée dans le soleil ou dans la lune.

— C'est pour vous surtout que je chanterai, dit-il enfin, ce sera pour vous seule, Bernardine !...

Cette restriction, presque impie, ne fut nullement du goût de la tante Rose.

— Il me semble, observa-t-elle entre les dents, que Dieu mérite pour le moins un peu plus de respect, et qu'il est assez grand seigneur pour qu'on se puisse honorer de faire ici-bas pour lui ce que pour lui dans le ciel font les anges.

— Bien dit, ça ! approuva sur le même ton Pétronille.

Mais cette double leçon passa inaperçue, et Bernardine elle-même, tout entière à la joie d'avoir réussi, ne parut pas l'entendre.

— Roger, vous consentez donc ? venait-elle de s'écrier en battant des mains.

Le vicomte les lui saisit toutes les deux, au moment où elles se trouvaient réunies, et sur le dos de chacune d'elles, mettant un baiser

No 202
ROMANS POUR TOUS

10 centimes.
ROMANS POUR TOUS

LE MESNIL-AU-BOIS
Par Charles DESLYS

Vo is tiendrez le parasol. (Page 24.)

— Tout ce que vous voudrez, dit-il.

— Merci ! s'écria Bernardine ; oh ! merci ; je suis bien contente de vous ! Mais il vous faut de suite le gros livre de Jacques, où il y a la musique notée de tous nos saints cantiques.

— Je m'en vas le cri (quérir), fit Pétronille.

Quelques minutes après, elle reparut avec un formidable in octavo, un vrai Missel.

Fontanelle le prit avec une répugnance mal dissimulée, et lorsqu'après lui avoir donné une leçon de plein-chant, Bernardine et Jacques se furent retirés, il me dit :

— Ça ne m'amuse pas du tout, tu sais, cette complaisance-là... Chanter au piano, tant qu'on voudra... mais au lutrin, et avec accompagnement de bombardon... quelle perspective !

— Bah ! répliquai-je en souriant. A la campagne... puisque tu veux être paysan, sois donc paysan... et puis, d'ailleurs, est-ce que Barroilhet et Dupré ne chantent pas souvent à Saint-Roch ?

— Au fait, conclut-il, ce n'est qu'un mauvais moment à passer, et les gens du village seuls me verront.

Et il recommença bravement à travailler son Salve, dies festa. Et, comme nos fenêtres étaient en face l'une de l'autre, je m'endormis en l'entendant qui chantait encore :

— Exultant justi in conspectu Dei... Et delectantur in lætitiâ... d... d... d...

XV

Le lendemain, c'était un dimanche, et, cette fois enfin, le vicomte put dormir à la parisienne.

Aussi se réveilla-t-il d'une toute souriante humeur, et, sitôt descendu dans la grand'salle, s'empressa-t-il de demander Bernardine.

Depuis longtemps déjà, Bernardine était partie pour le village, afin de présider à la décoration de l'église et des reposoirs.

— La charrette va revenir nous prendre tous les trois, dit Jacques ; mais déjeunons tout de suite, il ne reste plus qu'une heure avant le commencement de la messe.

— Ah ! diable... dépêchons ! se récria Roger ; il me faut du temps pour ma toilette.

Effectivement, le vicomte se frisa, se pommada, se mit tout en noir, cravate blanche et gants blancs : on eût dit qu'il allait au bal.

Tous ces préparatifs cérémonieux furent naturellement assez longs, et, depuis longtemps déjà, Jacques et moi, la charrette et Jean qui venait de la ramener, nous attendions lorsqu'il parut enfin.

— Eh bien ! me demanda-t-il avec une certaine fatuité, comment me trouves-tu ?

— Superbe! répondis-je. Trop superbe même... On te prendrait pour un amoureux de vaudeville...

— Allons donc!

— Parole d'honneur! Tu me rappelles Emile Taigny.

— Oh! fit-il avec un involontaire frisson, c'est que j'ai si grand'peur d'être ridicule!... Tu me connais, ce serait pour moi le plus grand des désespoirs!...

— Quel anachronisme, mon bon!... mais n'oublie donc pas que tu n'es plus un dandy.

Nous prîmes place dans le rustique véhicule, dont les fréquents cahots arrachèrent plus d'une grimace au vicomte.

— O mon léger tilbury! en arriva-t-il même à soupirer avec regret. O mes fringants chevaux!... O ma coquette livrée! où êtes-vous?

La locomotion, à la vérité, manquait de moelleux, mais elle était très-supportable; et le brave Jean, qui se prélassait voluptueusement à l'arrière sur la paille, affirma même un instant que la charrette du Mesnil était la plus douce de toutes les *carelles*.

Quant à Jacques, il conduisait debout et tout à fait à l'avant, à la manière normande. Jamais encore peut-être, je ne l'avais vu plus beau, plus magistralement campé qu'ainsi. Avec sa simple blouse bleue, tout battant neuve, qui flottait au vent, il ressemblait à un automédon romain conduisant un quadrige.

Et si, l'interpellant tout à coup, je demandais le nom de quelques-uns des villages qui se laissaient un instant apercevoir, ou plutôt deviner, au milieu des horizons verts : Vasouy, Pennedepie, Criquebeuf, Villerville, toujours Jacques trouvait, à ajouter à ces noms quelques détails intéressants, et qui parfois même révélaient une certaine érudition locale. En passant en vue de Barneville, frais hameau bâti à la naissance d'une admirable vallée qui se prolonge jusqu'à la mer, il sut très-bien me faire remarquer son église romaine; en me montrant au loin, sur un vaste plateau qu'encadre pittoresquement la forêt de Touques, la plus grande et la plus belle ferme de l'arrondissement, il me dit du ton le moins prétentieux du monde :

— Voilà le mont Saint-Jean, un ancien rendez-vous de chasse des Templiers. Philippe-le-Bel en fit don à Bertrand de Barneville. Les ducs de Montpensier agrandirent ensuite cette magnifique terre; puis elle passa aux ducs de Longueville, aux ducs d'Estouville...

— Ah çà! Jacques, interrompis-je assez maladroitement, mais vous êtes donc de la société des archéologues de Normandie?

— Non, répondit-il simplement, mais je connais l'histoire du pays où je suis né, ce qui me semble presque un devoir.

Il y eut un silence.

— Eh bien! fis-je en me retournant tout à coup vers Fontanelle, qui fredonnait à mon côté du plain-chant, eh bien! où en es-tu de ton *Salve festa?*

— Tu verras! répondit-il avec le ton d'un homme certain du succès. Tu verras... mais, je dois t'en prévenir, j'ai introduit quelques petits changements dans ces vieilles mélopées, quelques petites fioritures pour faire briller ma voix de tête. Je te recommande surtout une certaine cadence sur le contre-ré bémol... tu m'en diras des nouvelles...

Nous arrivâmes à l'église.

C'est une modeste chapelle, dont certaines parties paraissent fort antiques, et que drape presque entièrement un épais manteau de lierre. Située tout à fait au dehors du village, elle est bornée de deux côtés par la route qui la contourne, des deux autres par un paisible étang, sur lequel des bandes de canetons, vivantes flottilles, naviguaient parmi des archipels de végétations aquatiques qu'étoile çà et là de ses blanches fleurs le mélancolique nénuphar. En quelque endroit qu'on se place, le clocher gothique se découpe gracieusement sur d'admirables perspectives : ici la mer et ses horizons infinis; là le cap de la Hève ou la côte de Grâce; partout ailleurs, de joyeux paysages ou de splendides masses de verdure. Et tout cela sous un ciel bleu, et tout cela éclairé par un réjouissant soleil. Jamais, non, jamais, je n'ai vu si pittoresque, si coquette et si charmante paroisse! Heureux Roger... là... vrai... ça vous donnait envie d'être marié là-dedans!

Quant aux paroissiens, quant aux paroissiennes, tous et toutes, dans leurs plus pimpants habits, ils animaient fort agréablement, ma foi! le tableau. Dans l'intérieur de l'église, dont la porte restait toute grande ouverte, ce n'était que hauts bonnets blancs et têtes nues, grouillant sous de vifs rayons que faisaient mouvoir de l'extérieur les incessantes ondulations des feuillages remués par le vent, et que teignaient en rouge, en jaune, en violet, en vert, en bleu, les vitraux vigoureusement colorés des quatre ou six ogives. Mais toute l'assistance n'était pas là, à beaucoup près. La majeure partie des fidèles, ou du moins la partie la plus curieuse à voir, n'ayant pu trouver place dans la chapelle trop exiguë, s'était établie sur l'esplanade qui lui sert de base, et sous l'herbe si drue de laquelle on devine encore les formes tumulaires de l'ancien cimetière du village. Ah bien! dans ce gazon nourri par la poussière des ancêtres, sur ces tombes sans nom, des hommes et des femmes, des jeunes filles et des jeunes gens étaient assis agenouillés, ou bien, demeurant encore debout, formaient des groupes babillards en attendant le premier coup de sonnette de la messe. Çà et là, il y avait même des enfants, de ces beaux et roses blondins comme on en trouve surtout en Normandie, qui riaient et folâtraient, qui s'entre-jetaient de grosses poignées de fleurettes... qui sait?... peut-être cueillies au-dessus de la fosse d'un aïeul!... Oh! la nature est merveilleusement consolante dans sa fécondité : pas plus qu'elle ne permet à l'hiver de laisser ses brumes sur le printemps, pas, plus elle ne laisse à l'enfance les tristesses du passé; et c'est surtout dans les vieux cimetières perdus sous l'herbe, c'est surtout au-dessus des morts oubliés, qu'elle sème, comme à plaisir pour les petits enfants le plus de sourires et de fleurs!

Nous pénétrâmes dans la chapelle, mais non sans en déranger une sorte d'escadron volant qui en obstruait l'entrée, et dont les chaises, évidemment mises en réquisition dans les fermes voisines, firent volte-face sur deux rangs pour nous livrer passage. Dans cet empressement, il y avait pour le moins autant de curiosité que de déférence.

Des deux côtés de la nef, s'alignent méthodiquement de massifs bancs en chêne ciré, tous scellés dans la muraille, tous fermés au loquet par une porte basse, tous portant inscrit sur une planchette de bois blanc le nom de la famille à laquelle, de temps immémorial, ils appartiennent. Cette sorte d'hérédité, cette hérédité de la prière, a quelque chose de touchant. Les précédentes générations ont creusé de vagues formes dans lesquelles leurs derniers descendants viennent s'asseoir, et c'est souvent dans les pieuses empreintes des genoux de sa grand'mère, que la petite-fille à son tour s'agenouille.

Le transept est occupé par deux chapelles, l'une sous l'invocation protectrice de la Vierge, l'autre honorant d'un culte particulier le saint patron du village.

Ces deux autels, ainsi que celui du chœur, étaient transformés ce jour-là en trois véritables corbeilles de fleurs, toutes constellées de bougies et de cierges.

Aux murailles, simplement recrépies à la chaux, on voit

quelques naïves peintures à demi-effacées par les ans, les douze stations vulgairement coloriées, et surtout une grande quantité d'ex-voto, la plupart reproduisant des embarcations en péril. Il y a aussi des modèles de vaisseaux, qui pendent aux rustiques solives arc-boutées en travers de la voûte, où restent quelques traces d'azur jadis entresqué d'étoiles.

Le chœur enfin est orné de stalles neuves, que les notables de la paroisse occupaient majestueusement, mais dont quelques-unes encore demeuraient vacantes.

Pensant qu'elles nous étaient réservées, le vicomte s'empressa d'y prendre place; il avait hâte de se soustraire à l'attention générale dont il était l'objet. Tous les yeux se braquaient encore sur lui, et, d'un bout de l'église à l'autre bout, c'était à qui se lèverait incessamment pour le mieux voir.

Jacques, cependant, venait de se retourner, et comme surpris que nous ne le suivions plus:

— Vous ne venez donc pas saluer notre digne curé? dit-il.

— Non, non; je reste ici, murmura Fontanelle, avec la pantomime de quelqu'un qui désire vivement ne pas être remarqué davantage.

Jacques poursuivit son chemin, je m'assis auprès de Roger.

Mais, après quelques secondes à peine de silence, un enfant de chœur sortit tout à coup de la sacristie, et venant droit à nous:

— Quel est celui des deux qui est un vicomte? demanda-t-il à demi-voix.

— C'est moi, murmura Fontanelle, en lui faisant signe de parler encore plus bas. Que me veux-tu?

— M. le curé vous prie de venir lui causer un brin... et ça presse, vu que le troisième coup de la messe a cloché déjà.

Roger hésitait encore; je pris le parti de l'initiative, et je dis à l'enfant:

— Va devant, mon ami, nous te suivons.

Encouragé par mon exemple, le vicomte se résigna.

Grand mouvement dans l'église, de tous les points de laquelle on avait suivi ces pourparlers avec un redoublement d'intérêt.

Nous entrâmes dans la sacristie.

C'est une sorte de caveau, voûté en ogive, et tout boisé d'armoires grises.

Au milieu d'un brillant état-major de chantres et d'enfants de chœur, tous revêtus du costume des grandes cérémonies, le curé nous attendait.

C'était un doux et vénérable vieillard, à la physionomie vraiment pastorale, au grand front couronné de cheveux blancs, au regard fait pour lire dans les âmes, au sourire fait pour les consoler.

— Monsieur le vicomte, dit-il, je vous demande pardon de ne point être allé à vous, et je vous remercie d'avoir bien voulu nous prêter le concours de votre talent. Dieu, dont vous allez implorer dans quelques jours les bénédictions, vous en récompensera. Mais il vous faut chanter sous sa livrée; c'est ici l'usage et l'on pourrait se scandaliser si vous ne vous y conformiez point. Veuillez donc être assez bon pour revêtir cette chape, que je vous ai fait réserver... C'est notre plus belle...

liez-vous, mes paroissiens n'ont pas l'habitude de m'attendre!

Le pauvre Roger était devenu rouge jusqu'aux oreilles. Mais le moyen de refuser? Et d'ailleurs, il n'en eut pas le temps. Déjà le suisse et le bedeau lui passaient la fameuse chape... une chape orangée, avec de grands brillements verts et rouges. Jamais plumage de perroquet n'avait brillé d'aussi éclatantes couleurs!

## XVI

— Du courage... Allons donc!... lui dis-je plus encore du regard que de la voix. Aux yeux de tous ceux qui sont là, tu n'es nullement ridicule ainsi.

Malgré cette réconfortation, qui portait cependant à l'endroit sensible, Roger n'était qu'à demi-convaincu; et lorsqu'au même moment retentit la sonnette de l'enfant de chœur, formant l'avant-garde; lorsque le curé se mit en marche, lorsque les chantres s'ébranlèrent en ligne de bataille, il eut trois mouvements de terreur bien distincts, puis finalement se déroba le plus possible derrière la haute taille de Jacques, vraiment superbe à voir sous sa longue dalmatique violette à fleurs d'or. On eût presque dit un évêque des premiers âges du christianisme.

Les chantres, y compris Roger, se groupèrent devant le lutrin; le saint office commença.

Jamais je n'ai assisté à la messe dans une église de village, sans être profondément ému. Cette simplicité, ce recueillement, cette ferveur unanimes; toutes ces mains jointes, tous ces genoux en terre, tous ces fronts inclinés, tous ces chapelets égrenés, toutes ces voix réunies dans un même murmure; cette champêtre perspective encadrée par la haute porte toute grande ouverte sur le ciel; ces têtes d'arbres qui remuent en dehors des vitraux, et parfois semblent se pencher vers l'église comme s'ils s'agenouillaient aussi; tous ces bruits de là nature qui viennent se mêler aux harmonies religieuses... tout cela, alors surtout qu'on pense qu'à la même heure, à la même minute, dans toutes les églises du la chrétienté, jusque devant les autels élevés par les missionnaires au milieu des tribus sauvages, le même symbole se représente, la même croix domine l'assemblée, les mêmes mots se répètent, les mêmes chants s'élèvent et dans une même langue, le même encens fume, la même hostie est adorée, la même prière monte vers Dieu, la prière de l'humanité chrétienne... tout cela vous fait comprendre la grandeur de la religion qui propage la fraternité jusqu'aux confins de la terre, tout cela vous inspire le saint magnétisme de la communion universelle des âmes, tout cela vous rajeunit étrangement le cœur et vous fait venir des larmes dans les yeux!

Soit que Roger lui-même se ranimât sous cette sainte influence, soit qu'en ne regardant plus que l'autel, il eût oublié qu'un millier d'yeux le regardaient, il reprit peu à peu toute son assurance, et lorsque le moment de briller fut arrivé, ce fut avec un parfait aplomb qu'il entonna sa partie.

Sa voix était fort agréable, nous l'avons dit; et il savait la conduire avec beaucoup d'art; mais c'était un art de théâtre, une voix de salon. Dans une église, l'effet en devenait presque nul. Et puis, les chantres ordinaires se piquaient d'honneur et déployaient à l'envi toutes les richesses de leurs robustes poumons. C'était la lutte de la force contre la grâce; la grâce devait infailliblement succomber. Lorsqu'arrivèrent les florilures inédites, dont Roger m'avait fait la pompeuse confidence, elles se perdirent complètement au milieu du formidable chorus.

Un vieux marguillier, qui se trouvait être son voisin de gauche, se pencha à mon oreille, et me dit :

— Pourquoi donc que votre ami chante si menu et si pointu que ça ? on dirait d'un *moigneau*. Parlez-moi de Jacques, voilà un timbre d'homme, à la bonne heure !

Le fait est que Jacques avait une superbe voix de basse-taille, pleine, veloutée, vibrante, et qui convenait admirablement à la majestueuse simplicité des hymnes saints. Bien qu'il chantât fort, il chantait juste et doux. Parfois même, il avait dans les notes du médium des accents d'une rare harmonie, d'une mâle tristesse, qui vous remuaient l'âme. Enfin, c'était tout simplement ce qui était écrit, ce que les paysans avaient l'habitude d'entendre... et le bon Dieu aussi.

Une seconde fois, cependant, le vicomte essaya de percer cette avalanche vocale qui l'écrasait, mais il ne parvint à faire entendre qu'une note aigrelette, qui presque aussitôt s'éteignit, furtif rayon entre deux tempêtes.

— Décidément, murmura le marguillier, votre ami chante par trop en rossignol, il va se casser *quéque* chose.

Tout à coup, il se fit un grand mouvement dans l'église. Tout le monde se leva, s'agita ; les bannières et le dais, comme marchant d'eux-mêmes, sortirent des chapelles ; le lutrin tout entier fit volte-face, et je pus un instant me rapprocher du vicomte.

— J'ai fait four, n'est-ce pas ? me dit-il d'un air tout contrit.

— Mais non, mais non... ça va très-bien, lui répondis-je avec l'accent de la condoléance amicale.

— Très-bien !... je n'ai pas seulement pu placer ma cadence sur le contre-ré bémol !

— Bah ! tu vas te rattraper à la procession...

— La procession !... Comment !... c'est pour cela...

Il n'acheva pas ; d'une part le bedeau qui faisait former les rangs, de l'autre les chantres qui emboîtaient le pas, le contraignirent à avancer.

Pauvre vicomte !... Il ne s'était pas souvenu de ce qu'est nu village la Fête-Dieu, et maintenant il fallait aller jusqu'au bout. S'y refuser, c'eût été presqu'un scandale ; fuir, c'était impossible : la masse pressée des fidèles formait des deux côtés de la nef une infranchissable barrière.

Je le vis, cependant, si éperdu, si rougissant, si dépité, que je craignis qu'il n'osât quelque sottise, et je trouvai moyen de me rapprocher pour lui dire :

— Fais donc meilleure mine que ça... Tout le pays était à l'église, et déjà t'a vu ainsi. Il ne te reste plus à affronter que les haies du chemin et les oiseaux du ciel.

Roger ne me répondit que par un regard désespéré. Puis, comme il arrivait à son tour sur le seuil, il ferma les yeux, afin de ne plus voir ce champ qui, comme s'enflammant tout à coup aux ardents rayons de ce beau jour, resplendissait ainsi qu'un autre soleil... un soleil... couchant !

La procession contourna la chapelle, et descendit tout d'abord jusqu'à la mer, au bord même de laquelle un premier reposoir avait été dressé par les pêcheurs. C'était un simple autel, fait d'une barque renversée, que recouvrait en guise de nappe, une voile neuve, et qu'ornaient deux pittoresques trophées composés chacun d'une ancre, d'une paire d'avirons et de quelques filets. Là, le vieux curé bénit les flots et pria

pour qu'ils fussent cléments aux marins jusqu'à la Fête-Dieu prochaine. Sous ce beau ciel, et avec l'Océan pour horizon, cette pieuse halte fut vraiment sublime !

Puis, on remonta par ces vertes campagnes que j'ai décrites, et qui, resplendissantes de soleil et toutes pleines de chants d'oiseaux, semblaient elles-mêmes en fête. Il n'y avait pas jusqu'aux bestiaux, attirés par le bruit vers les haies, qui ne regardassent passer la procession avec une sorte de respect. Eh !... pourquoi non ?... L'âne et le bœuf n'étaient-ils pas dans la crèche ?

On atteignit enfin le village, tout drapé de blanc, tout en guirlande, tout émaillé de verdure et de fleurs, qui formaient par les rues comme un pieux tapis, sur lequel de gracieuses petites filles blondes faisaient encore pleuvoir des roses.

Roger, cependant, commençait à se remettre de son premier effroi ; il avait rouvert son gros livre de plain-chant à la page du *Salve, festa dies* ; il me parut même que ses prétentions musicales lui revenaient peu à peu.

De loin, je lui adressai à peu près cette pantomime.

— Tu le vois bien... tout marche à merveille !

Il me répondit en hochant la tête avec une sinistre incrédulité.

Pauvre garçon ! c'était un pressentiment.

Au moment où la procession se déployait à l'autre extrémité du bourg, où les deux routes d'Honfleur et de Trouville se réunissent en une sorte de rond-point planté d'ormeaux, les chantres faiblirent tout à coup, comme si leur attention venait d'être détournée par un accident imprévu. Roger s'empressa de mettre à profit ce demi-silence pour lancer enfin son fameux contre-ré-bémol, et, je dois le reconnaître, ce fut avec une parfaite réussite, avec un retentissant éclat.

Il releva donc la tête pour jouir de son triomphe... Horreur !... stupéfaction !... consternation !... Il y avait là, tout près de lui, devant lui, dans trois élégantes calèches arrivant de Trouville, une bande de baigneurs goguenards, des baigneuses narquoises, qui toutes et tous le connaissaient, qui toutes et tous l'applaudissaient du geste, et ne dissimulaient qu'à demi leurs sourires sous les chapeaux de paille et sous les ombrelles.

Enfin, pour surcroît de fatalité, dans la plus luxueuse des calèches, une calèche conduite à la Daumon, l'oncle Maniquet se tenant debout auprès de la cousine Anastasie !

A ce foudroyant aspect, le visage du vicomte se métamorphosa soudainement en pivoine. Il était ridicule, lui !... ridicule aux yeux de ses pareils... ridicule aux yeux de tout Paris, qui lui semblait représenté là, et qui bientôt connaîtrait l'aventure, c'était certain... Qui sait même si les petits journaux n'en feraient pas des gorges chaudes.

Durant un instant, le pauvre vicomte était resté immobile, béant, et comme pétrifié dans sa maudite chape. Deux ou trois jumelles de théâtre, qu'il dut prendre pour autant de paires de pistolets, se braquant sur lui, apparurent aux mains des railleurs. Ce fut le coup de grâce. Il acheva de perdre complètement la tête, et avisant une porte de chaumière entr'ouverte, il s'y précipita avec la folle panique d'un grand criminel aperçu tout à coup par les gendarmes.

Cette étrange fugue fut diversement interprétée par ceux qui m'entouraient ; voici l'explication qu'imagina le vieux marguillier qui, depuis la sortie du chœur, n'avait pas discontinué de me marcher sur les talons :

— Je l'avais bien prévu, me dit-il, que votre ami chantait trop en *moigneau*... C'est ça qui l'aura incommodé à la fin des fins.

Il s'endormit. (Page 2?.)

Roger ne reparut que le soir au Mesnil.

Personne ne lui adressa ni un mot de reproche, ni une question désobligeante. Mais à la réserve grave avec laquelle on l'accueillit, à la contrainte qui régna durant tout le repas, à la façon surtout dont on s'empressa de nous laisser seuls, il était facile de comprendre qu'il avait profondément blessé le sentiment religieux de tout le monde.

Quant à Bernardine, sur son visage un peu plus pâle qu'à l'ordinaire, il n'y avait que de la tristesse :

— Roger, lui dit-elle en se retirant à son tour, je ne vous en veux pas... mais c'est bien mal !... Non-seulement vous avez renié Dieu, mais aussi vous avez renié notre amour... Ça ne nous portera pas bonheur !

Et déjà elle commençait à remonter vers sa chambre.

Confus et repentant, Fontanelle eut un premier mouvement pour la suivre.

Mais le vieux Fidèle apparut tout à coup en travers de l'escalier, et lui montra les dents.


XVII


Le lendemain, vers les dix heures du matin, je me promenais au bout du verger, lorsque je vis le vicomte accourir vers moi, tout pimpant et tout coquet sous un frais négligé de campagne en basin blanc. Il était charmant ainsi.

— Oh! oh! lui criai-je de loin, tu n'es donc plus paysan ?

— Non, fit-il... Aujourd'hui du moins...'je me donne congé !

Et, de sa main gantée, il agitait joyeusement au-dessus de sa tête, redevenue celle des anciens jours, un élégant panama.

— Roger, repris-je en souriant, tu m'as tout l'air d'un échappé de collège.

— A peu près, reconnut-il en rougissant quelque peu. C'est à Trouville que nous allons faire l'école buissonnière.

— A Trouville ?

— Tiens... lis cette lettre, qui m'a été remise mystérieusement par Pétronille.

— Pétronille...

Je ne sais pourquoi, le souvenir du raidillon me revint aussi!'t.

Mais, comme je n'avais pas cru devoir parler au vicomte de la petite scène dont j'avais été témoin, je me tus, et regardai tout d'abord la signature : c'était celle de la cousine Anastasie.

— Que diable peut-elle avoir à t'écrire ! me récriai-je tout étonné.

— Lis... et tu le verras.

Je lus, en pattes de mouches tout à fait aristocratiques, à peu près ce qui suit :


« Mon cher cousin,


« Gardez-vous bien de nous accuser de la fâcheuse rencontre d'hier. Le hasard a tout fait, et, pour ma part, j'en ai souffert autant que vous, soyez-en certain. Mais non ! Vous douterez de moi peut-être. Oh! si vous pouviez savoir combien cette pensée me rend l'âme triste! Aussi, vous le voyez, sitôt de retour de notre promenade, j'ai voulu vous écrire, pour cela d'abord, et puis pour un autre motif beaucoup plus important.

« Je puis vous réconcilier avec mon père, qui m'impose en échange un bien pénible sacrifice; mais il y va de votre fortune, de votre avenir, et peut-être de votre bonheur présent. Venez demain me voir à Trouville, pavillon des Hortensias. C'est là que nous demeurons depuis quelques jours. Les médecins m'avaient ordonné l'air de la mer, et j'ai moi-même choisi Trouville, afin que le rapprochement, dont je me fais une joie, puisse s'accomplir avant même votre mariage. Vous viendrez, n'est-ce pas?... me faut-il pour me permettre de vous donner la preuve que, s'il ne m'a pas été permis de devenir votre femme, je suis et veux rester toujours votre bien sincère amie. »

— Pauvre Anastasie!... fit le vicomte avec une fatuité légèrement émue. C'est d'un bon petit cœur! hein?

— Oui, répondis-je, ça en a l'air... Mais c'est un peu embrouillé...

— Ça se débrouillera au pavillon des Hortensias... Tu juges bien que je ne puis pas me refuser à une aussi touchante prière!

— Non;... certainement non... mais qu'as-tu dit à Bernardine?

— Rien encore. Et, je te l'avouerai même, je suis assez embarrassé. Bien qu'il n'y ait qu'indulgence et bonté dans son cœur, elle sait que j'ai dû épouser Anastasie; elle est femme, et...

— Que ne lui donnes-tu tout simplement à lire la lettre de ta cousine?...

— Au fait tu m'y fais songer,... c'est là le plus sage. Mais la lui montrer moi-même... non; il y aurait toujours le chapitre des commentaires. J'aime mieux la lui faire parvenir avec quelques mots d'excuse; la promesse surtout de revenir de bonne heure; c'est l'essentiel. As-tu un crayon?

— Voici.

Roger se servit du tronc d'un pommier, qui semblait tout exprès se pencher en forme de pupitre, et, durant quelques secondes, il crayonna d'inspiration.

— Là, dit-il en se relisant, c'est fait... Mais par qui maintenant envoyer la lettre?

Pétronille, qui probablement était aux écoutes derrière la haie, se montra tout à coup. Elle avait une cruche sur l'épaule comme pour aller à la fontaine, et le vieux Fidèle la suivait.

— Que le messager ne vous embarrasse point, dit-elle avec son gros rire équivoque, il est tout trouvé.

— Et c'est toi? fit Roger.

— Non... je m'en vais crir de l'eau. Parlant par respect, ce sera le chien.

— Comment?...

— Est-ce que vous ne savez pas ce qu'est Fidèle au vis-à-vis de mademoiselle Bernardine? Est-ce que vous ne l'avez pas déjà vu travailler pour elle?... Vot' lettre est finie, n'est-ce pas?... Oui... Eh ben! baillez-la moi; vous allez voir. Ici, Fidèle, ici!

Le chien aussitôt s'approcha, pareil à un vieux grognard qui s'avance à l'ordre. Pétronille prit la lettre et la lui mit dans la gueule. Puis, étendant vers la ferme le bras qui lui restait libre, elle articula vigoureusement ces deux seuls mots:

— Pour Bernardine!

Fidèle ne se le fit pas répéter deux fois; il remua même la queue comme pour assurer qu'il avait compris, et partit au galop dans la direction indiquée.

— V'là la chose! conclut triomphalement Pétronille. Ça n'est pas plus difficile que ça. Et n'allez pas vous *déboucher* (vous tracasser) dans la crainte que la commission *soye* mal faite. Votre chiffe de papier est cent fois mieux amarrée dans la *goule* de ce chien-là que si *alle* était dans sa *pokette* au piéton. Vous voyez bien que ça n'était pas la peine que je *reboublisse* (que je retournasse) jusqu'au Mesnil.

— Je l'eusse préféré ainsi, déclara cependant Roger. Mais enfin, si tu nous réponds de Fidèle...

— *Directement!* (complètement). Et là-dessus je m'en vais à la fontaine du *Bout dehaut* (du haut du pays). A la revoyance, messieurs, et ben du plaisir à Trouville!

— Ah çà mais! ne puis-je me défendre de lui dire, tu nous épiais, tu nous écoutais donc?...

— Moi! regimba-t-elle fièrement. Oh! que nenni... monsieur... je ne suis point une *écornifleuse!*

En Normandie, écornifler, c'est espionner.

Puis, remontant sa cruche par un vigoureux coup d'épaule, elle reprit le chemin de la fontaine.

— En route, fit Roger, qui n'avait paru donner aucune importance à ce détail. En route, mais prenons par le village. J'y connais un certain boulanger qui ne déteste pas les revenus indirects, et qui nous louera volontiers sa carriole. C'est avec cet argent-là qu'il se grise le dimanche.

Il paraît que le susdit boulanger se grisait aussi durant la semaine, car il était ivre-mort, et nous fit attendre une grande heure avant de nous mettre en possession de sa carriole; ce dont Roger s'impatienta fort, et vertement il le tança.

— Je ne le nierai point, puisque c'est si visible que ça, répondit philosophiquement l'ivrogne; mais c'est bien drôle tout de même qu'on voie toujours quand un homme a bu et qu'on ne voie jamais quand il a soif!

Et sur ce singulier axiome, il nous abandonna enfin les rênes.

Le chemin était presque aussi boisé que celui de Honfleur, et presque continuellement il côtoyait les falaises.

En moins d'une heure, nous arrivâmes au sommet de la pente rapide qui aboutit à Trouville, et que couronnait à cette époque un cabaret à demi-caché sous les pommiers.

— Laissons ici la carriole, me dit le vicomte, je ne me soucie pas d'être rencontré par mes bons amis d'hier matin dans un aussi piteux équipage. Ce serait le pendant de la chape. Et, du reste, nous avons besoin de nous renseigner sur la demeure de M. Maniquet.

Bien que n'ayant pas encore atteint son luxe architectural d'aujourd'hui, Trouville se glorifiait déjà de quelques aristocratiques résidences d'été, entre lesquelles le pavillon des Hortensias brillait au premier rang.

C'était une fantaisie moyen-âge, avec tourelles, clochettes, créneaux, gargouilles et machicoulis, un vrai château de carton. Il dominait altièrement un mamelon planté à l'anglaise, mais dont les massifs, brûlés par les vents d'ouest n'étaient guères plus élevés ni plus fournis que, touffes d'herbe. En revanche, il y avait beaucoup de fleurs très-éclatantes, et beaucoup de larges allées de sable jaune. Tout cela était horriblement prétentieux, à commencer par la grande grille dorée, que flanquaient des écuries et des remises travesties en temples grecs. Mais leurs grandes portes bronzées restaient ouvertes et laissaient voir, comme avec intention, des équipages somptueux et de magnifiques attelages, auxquels de nombreux valets, en livrée quelque peu criarde, étaient en train de faire la toilette.

— A la bonne heure ! fit le vicomte avec une involontaire admiration. A la bonne heure !... voici des voitures... et voici des chevaux !

— Eh ! eh ! ripostai-je en souriant, la grosse jument grise et la grande charrette bleue du Mesnil ont bien leur charme.

— Oui, dit Roger, pour les foins.

Nous arrivâmes au perron, un perron seigneurial, et tout garni de caisses d'hortensias : *inde cognomen*.

Le péristyle offrait à la vue des boiseries gothiques à panneaux de drap écarlate, deux longues banquettes et deux grands laquais de même étoffe et de même couleur. Une lampe chinoise à glands de soie pendait à l'ogive du plafond. On aurait pu se croire rue Laffitte.

Je ne quittai pas Roger des yeux : il eut l'aspiration allègre de l'absent qui rentre dans sa maison, de l'exilé qui revoit sa patrie.

Précédés de l'un des valets, nous traversâmes une antichambre des plus majestueuses, une élégante salle de billard, tendue en soierie algérienne, une salle à manger, sur les hauts-bahuts et sur la grande table de laquelle étaient étalés de superbes cristaux, une argenterie princière, des poteries et des porcelaines capables de faire supposer que l'on se trouvait dans un muséum.

Il semblait que, nouveau Renaud, le vicomte fût tout d'abord promené dans le palais d'Armide, et qu'on attendait l'enchanteresse, on ne lui fît grâce d'aucun des enchantements dont elle vivait entourée.

Si tel était le plan de l'oncle Maniquet ; si, par hasard, il *éventillait* son neveu par quelque interstice ménagé dans les ornementations ou dans les draperies, assurément sa malice devait être satisfaite. Roger donnait en plein dans le piège ; il subissait l'influence de tout ce faste ; il se prenait à toutes ces glus.

En passant auprès du billard, je remarquai même qu'il poussa furtivement les billes de la main, avec l'espiègle plaisir d'un écolier qui n'a pas la permission de jouer ouvertement encore.

On nous introduisit, enfin, dans un salon, merveille des merveilles !

— Messieurs, nous dit cérémonieusement le laquais, veuillez attendre ici quelques instants, je vais prévenir mademoiselle.

Il était plus que probable qu'elle était prévenue déjà.

La porte se referma, nous étions seuls.

Roger se prit alors à fouler l'épais tapis avec une joie d'enfant, à caresser le ventre rebondi des potiches, à faire crier sous ses doigts la soie des rideaux. Puis il se plongea voluptueusement dans une moelleuse bergère et s'écria :

— A la bonne heure ! Il y avait quinze grands jours, par ma foi, que je m'étais réellement assis... Je retrouve enfin un vrai fauteuil !

J'allais le dégriser en quelques mots, l'avertir de la dangereuse voie dans laquelle il entrait, lui crier casse-cou, lorsque la porte du salon se rouvrit à deux battants.

Et nous vîmes apparaître, précédée des deux grands laquais du péristyle, mademoiselle Aspasie Maniquet.

## XVIII

Il y avait dix-huit mois que Roger n'avait vu sa cousine, on se le rappelle sans doute, et le portrait peu flatteur qu'il m'en avait tracé lors de son récit sur la lisière du bois, l'annonce surtout d'une seconde édition, revue, corrigée, et considérablement... embellie, augmentant ma curiosité plus encore peut-être que celle du vicomte, nous l'examinâmes l'un et l'autre avec une toute particulière attention.

C'était une très-petite et très-mince personne, presqu'une enfant... sous le rapport physique du moins ; quant au reste, il ne me fallut qu'un seul regard pour comprendre que, depuis longtemps déjà, mademoiselle Maniquet était archi-femme. Quel aplomb, grand Dieu ! que de coquetterie soi-disant innocente ! Et surtout quelle langoureuse majesté ! Je crus voir une jeune-première de chez M. Comte... Et lorsqu'elle s'avança vers son cousin avec un empressement ému, lorsqu'avec une timidité de vaudeville, elle le regarda longuement, je fus très-étonné qu'elle ne chantât pas un couplet sur l'air de Teniers :

Que vois-je, ce n'est point un rêve ?
Le prince ! oh ! quel trouble inconnu ! etc., etc.

Mais non, le chef d'orchestre manquant pour lui donner l'accord, elle daigna s'exprimer en simple prose sentimentale :

— Merci ! dit-elle, la bouche en accent circonflexe, les deux mains sur le cœur et les yeux au plafond. Oh ! merci... j'étais bien certaine que vous viendriez, moi ! Je sais que vous êtes bon, bien bon ! Oh ! je vous connais, allez ! Est-ce que nous n'avons pas été élevés ensemble ? Est-ce que les souvenirs d'enfance s'oublient jamais ?

Ici, mais vraiment encore, j'attendis la ritournelle d'un second couplet. Décidément, la musique avait été supprimée, comme nuisant à l'intérêt de l'ouvrage.

En vrai jeune-premier qu'il était, Roger se garda bien de manquer à la réplique. Mais sa cousine l'interrompit par un geste, vraiment Comédie-Française, elle congédia les deux laquais. Puis, nous indiquant deux fauteuils, elle alla s'asseoir elle-même, ou plutôt se laisser tomber sur un sofa, où elle ne tarda pas à prendre la pose languissante d'une odalisque incomprise, mais généreuse.

Il va sans dire que le sofa tournait le dos à la lumière, et pour cause.

Ce n'est pas que mademoiselle Maniquet fût précisément laide. Loin de là, elle avait des traits assez réguliers, bien qu'un peu anguleux ; une peau très-fine, et dont la poudre de riz dissimulait presque complètement les taches de rousseur ; une bouche petite, si petite même, que, parfois il ne lui en restait presque plus ; des yeux vifs, insinuants, d'une grande habileté de regards ; de superbes sourcils surtout, épais et noirs, mais du même noir que deux ou trois signes extrêmement fripons, ce qui me fit penser que l'encre de Chine ne leur était peut-être pas complètement étrangère. Les cheveux, par exemple, étaient incontestablement d'un blond trop ardent, et le cou avait conservé sa déplorable maigreur ; mais un voile de gaze entourait la tête d'une sorte de nue vaporeuse, et atténuait avec tant de grâce ces légères imperfections.

Le parrain faisait une superbe entrée.

et quelques autres encore peut-être, qu'un esprit mal fait pouvait seul ne pas les considérer comme autant de charmes de plus. Quant à la diction, quant à la tenue, quant à la chorégraphie, c'était parfait. La riche héritière avait dû prendre tout à la fois des leçons de madame Doche et de Carlotta Grisi. Rendons pleine justice à ces deux éminentes maîtresses en l'art de plaire, elles n'avaient nullement volé l'argent du papa Maniquet, et, la corsetière aidant, la couturière aussi, sans compter les coiffeurs et parfumeurs, on lui avait refait une petite vicomtesse à peu près conforme à la commande, et vraiment pas trop désagréable du tout. Deux seules choses avaient probablement résisté à cette sorte de traitement orthopédique, à savoir les grands pieds biscornus et les grosses mains rouges, dont jadis s'était si fort effarouché le vicomte. Mais ceux-ci restaient invariablement invisibles; mais celles-là, bien que gantées très-étroit, disparaissaient presque constamment sous une avalanche de dentelles.

Que voulez-vous, enfin? Anastasie avait dix-sept ans. A cet âge trompeur, il n'est guère de fille qui n'ait la beauté du diable, et celle-là, je crois même, avait été mieux partagée que toutes les autres à cet égard. Le diable évidemment devait être son parrain!

Il y eut un silence durant lequel notre fausse Jenny Vertpré minauda fort gentiment avec les amples ondulations de sa charmante toilette en soie bleue, recouverte d'un léger tissu de mousseline blanche, un vrai chef-d'œuvre. Puis, reprenant son rôle en la mineur, le plus doux de tous les tons :

— Papa, dit-elle, va bientôt rentrer. Il est chez le notaire à propos de cette habitation, qu'il achète définitivement, mais à laquelle il veut faire ajouter deux petites annexes : un châlet suisse et une pagode chinoise. Nous aurons tous les genres d'architecture réunis, ce sera charmant.

— Charmant!... répéta très-consciencieusement Roger.

— Nous avons longuement causé de vous hier soir, poursuivit-elle, et, malgré l'apparence d'un reste de ressentiment, j'ai bien lu dans ses yeux que c'est avec joie qu'il consent à vous rouvrir ses bras... car il vous aime, savez-vous? et si, pour la première fois, il a paru vouloir s'opposer à vos désirs, c'est qu'il croyait fermement travailler à votre bonheur. Mais ne parlons pas de ça, Roger... n'en reparlons jamais!

Et elle parut refouler au plus profond de son cœur le douloureux souvenir qui l'oppressait.

Le vicomte baissa modestement les yeux, et s'empressant de détourner l'entretien :

— Parlons, dit-il, de cette condition imposée par mon oncle, et que vous voulez bien accepter pour l'amour de moi. De quoi s'agit-il ?

— Il s'agit...

Elle hésitait comme devant un aveu terrible.

Roger insista mais avec de tendres ménagements dans la voix.

— Il s'agit d'un mariage, répondit-elle enfin. Oh! mon père est bien cruel!

— Un mariage pour vous?

— Hélas! oui... pour moi. M. Vanstraët, que vous connaissez, je crois... le fils d'un banquier hollandais. Son père lui donne six millions... Ah!....

Et elle soupira.

— Mais c'est un jeune homme, fit Roger, comme voulant consoler sa cousine; mais c'est un charmant garçon !

— Oui... soupira-t-elle de rechef. Il le faut... c'est pour vous... j'aurai du courage...

— Anastasie!... s'écria le vicomte, qui se rapprocha d'elle avec un sincère élan de reconnaissance.

N° 203
ROMANS POUR TOUS

LE MESNIL-AU-BOIS
Par Charles DESLYS

10 centimes.
ROMANS POUR TOUS

Ce fut avec un parfait aplomb qu'il entonna sa partie. (Page 27.)

Elle lui serra la main, mais presqu'aussitôt la retira, ce geste ne lui ayant été conseillé sans doute que très-accidentellement et rapide comme un éclair.

En même temps elle lui avait dit :

— Au moins, soyez heureux, Roger... c'est tout ce que je demande au ciel !

Et elle feignit d'essuyer une larme.

Puis se retournant vers moi :

— Pardon, monsieur, pardon, dit-elle. Je devrais peut-être dissimuler devant vous. Mais je ne sais pas cacher mes sentiments. Mais je suis de celles qui, bien loin d'avoir honte de ce qu'elles souffrent, s'en glorifient, au contraire, ou, du moins, l'avouent franchement... Oui, monsieur, je m'étais bercée de la folle espérance d'épouser mon cousin... Oui, monsieur, je l'aimais ! Est-ce donc ma faute à moi, pauvre jeune fille ! Est-ce qu'il n'est pas digne d'être aimé !...

Pour toute réponse, je m'inclinai respectueusement. C'était bien le moins que je dusse faire en présence d'une si savante ingénuité, d'un machiavélisme si précoce.

En effet, il était impossible de flatter avec plus de perfidie, avec plus d'habileté, avec plus d'audace, le côté faible de Roger, sa vanité d'homme joli, son orgueil d'homme à bonnes fortunes.

Et cela, par devant témoin encore.

Aussi, ce fut avec un attendrissement convaincu, avec un réel enthousiasme, qu'il s'écria :

— Anastasie ! oh !... tenez... vous êtes un ange !

— Silence ! interrompit-elle vivement. Voici M. Maniquet ; ne laissons rien paraître... Pauvre père... oh ! qu'il ne sache pas que sa fille a pleuré !

Et elle se détourna vers la glace, comme pour effacer de son visage toute trace d'émotion violente, mais en réalité pour s'assurer que rien n'avait souffert dans les artifices de sa toilette.

Pendant ce temps-là, la porte se rouvrait.

XIX

Ceci, c'était la scène IV de la comédie. Je le crois au moins, comptons un peu :

Scène Ire — Les deux amis, le domestique.
Scène II. — Les deux amis seuls.
Scène III. — Les mêmes, Anastasie.
Scène IV. — Les mêmes, Maniquet.

Oui... j'avais raison, c'est bien la scène IV.

Le bonhomme Maniquet était vraiment superbe dans son rôle d'oncle d'un neveu prodigue et dans son costume châtelain trouvillais : fins escarpins vernis à grosses bouffettes Louis XIV, chaussettes rayées rouge et bleu, large pantalon de nankin très-jaune, vareuse écarlate, et tout petit panama coquettement orné d'un voile vert. Un Daumier vivant, un vrai Nadar... 113, rue Saint-Lazare, pas de succursale.

A l'aspect du vicomte, il recula de trois grands pas en arrière, pantomima successivement la surprise et le courroux, puis comme cédant à la voix de la nature :

— Roger! larmoya-t-il... Roger... je ne puis pas oublier que tu es le fils de ma sœur, de ma pauvre chère Naïs!... Ah! dans mes bras... dans mes bras...

Je me retournai pour ne pas trop rire au nez de cet apprenti Ferville; mais le vicomte prit la chose au sérieux, et comme poussé par le tendre regard réconciliateur de Rose Chéri... je me trompe, de mademoiselle Maniquet, il alla par saccades émues vers son oncle, et l'embrassa par dessus l'épaule. On se serait cru décidément au Gymnase; rien n'y manquait, pas même la table au milieu.

Il y eut un silence, occupé par les mouchoirs.

Quant à moi, je m'attendais naïvement à ce que l'oncle Maniquet allait reprendre la scène par un cadeau d'une centaine de mille francs, contenus dans un portefeuille vert.

Mais l'oncle Maniquet ne songea nullement à se servir de cet accessoire, et se contenta d'être généreux en promesse:

— Je ne te parle pas d'argent, dit-il; tu dédaignes ce vil métal... et je commence à te comprendre, depuis que, moi aussi, je me suis fait colon sur la côte normande. Les champs, la verdure, les foins, les colzas, le pain bis, la simplicité, une bonne et franche ménagère... un toit de chaume... Eh! mon Dieu!... c'est peut-être là le bonheur! Sois donc heureux... et, sans le secours de personne. Mais plus tard, pour tes enfants... je ferai quelque chose. Nous verrons... nous verrons... je ne te dis que ça... Tu connais mon cœur!

A cette réplique, Anastasie crut devoir se jeter au cou de son père. Mais la mise en scène avait été mal calculée sans doute, relativement à moi du moins, car je surpris, dans une glace traîtresse, un jeu de physionomie que le Maniquet seul eût dû voir et qui, clairement, lui disait avec un regard impératif et sec:

— Taisez-vous... c'est assez... Je sais mieux que vous comme il faut s'y prendre.

Lorsque cette ingénue de dix-sept ans, plus rouée cent fois qu'une vieille coquette, se retourna vers son cousin, elle avait déjà repris les yeux languissants et le sourire attristé de son rôle.

On s'assit alors et la conversation se généralisa. Le Maniquet et sa fille paraissaient considérer la mésalliance de Roger comme un fait accompli, et même l'approuver, celle-ci avec une héroïque résignation, celui-là avec une toute paternelle indulgence; il encourageait son neveu au travail, il lui faisait entrevoir l'espérance de devenir un jour maire du village, et Roger, se laissant entraîner sur cette pente perfide, s'étendait naïvement sur ses projets d'améliorations, sur tous ces beaux rêves champêtres. De temps en temps, mademoiselle Maniquet disait aussi sa petite hypocrisie sentimentale; c'était une vraie bucolique.

Tout à coup, la pendule sonna cinq heures, et Fontanelle se leva; il venait de se rappeler Bernardine.

— Eh quoi! fit Anastasie avec l'accent d'un doux reproche; eh quoi!... Roger vous nous quittez si tôt!

Le vicomte essaya quelques banales excuses; mais elle ne le laissa pas achever.

— Ce n'est pas bien, poursuivit-elle, nous avons précisément pour ce soir une petite fête, une réunion musicale. Vieuxtemps, arrivé de ce matin à Trouville, doit s'y faire entendre... et Goraza aussi... sans compter M. Vanstraët, qui chante assez bien. Mais vous avez une bien plus jolie voix que la sienne, monsieur le vicomte, et, je vous l'avouerai, je comptais sur vous.

En insistant ainsi, Anastasie avait pris des airs de sirène.

Le vicomte cependant eut le courage de résister encore, mais il eut le malheur de dire:

— J'ai promis de rentrer de bonne heure.

— Avez-vous donc crainte d'être grondé? interrompit-elle avec un regard qui était une flèche, et qui frappa droit au but.

— Moi! s'était superbement rebiffé Fontanelle.

— Ah! s'écria-t-elle comme avec un involontaire élan de l'âme, un élan douloureux, amer et tendre, ah! vous lui donnez toute votre vie... à elle... Ne me refusez pas du moins quelques heures!

Roger était vaincu.

— Je reste, dit-il.

— Merci! conclut-elle, afin sans doute de terminer comme elle avait commencé. Oh! merci!

Et, sous le prétexte de donner quelques derniers ordres, elle fit, avec son père, une fort belle sortie.

— Comment! me récriai-je aussitôt que nous nous retrouvâmes seuls dans le salon, comment!... nous ne retournons pas au Mesnil?

— Plus tard... fit-il avec quelque embarras... ce soir... aussitôt après le concert... Tu juges bien que je ne puis pas refuser cette petite complaisance à ma cousine, qui nous a si bien reçus, et qui paraît si bien disposée pour moi. Ah! je ne m'attendais pas à cela de sa part, et vraiment elle a bien changé... à son avantage. D'ailleurs, nous retrouverons probablement ici quelques-uns de mes railleurs d'hier, je tiens à leur prouver que si je chante à la procession, et si je deviens un paysan, je n'en reste pas moins un homme du monde. Que te dirai-je enfin? Je ne suis pas fâché de voir un peu mon successeur... ce monsieur Vanstraët, et puisqu'il rossignolise aussi... ma foi... moque-toi, si tu veux, de ma vanité... je me fais un vrai plaisir de me rattraper à ses dépens de mon échec d'hier.

— Ah! Roger... Roger...

Malheureusement je fus interrompu par le brusque retour de M. Maniquet. Sa fille l'avait, sans doute, renvoyé en toute hâte, dans la crainte que je ne fisse revenir Roger sur sa promesse, ou tout au moins que je ne lui montrasse le dessous des cartes.

Le trop hospitalier châtelain nous promena pendant une heure dans tous les recoins de sa nouvelle propriété, et ne nous fit pas même grâce des plans de son futur châlet et de sa future pagode, auxquels je lui conseillai très-sérieusement d'ajouter une pyramide égyptienne et des montagnes russes, afin que sa cacophonique olla-podrida fût au grand complet.

L'heure du dîner arriva.

Ici je renonce à décrire. C'était d'un luxe éblouissant: Lucullus dînait chez Lucullus.

Anastasie, qui présidait superbement le festin, avait à sa droite Roger; à sa gauche M. Vanstraët, un quadragénaire fort présentable, sur ma parole, et vraiment pas trop bête... pour un Hollandais.

C'était à lui que la fine mouche adressait ses regards les plus coquets et ses plus minaudiers sourires; le tout au dépit naissant du vicomte qui, semblable à tous les galantins, avait quelque peu la nature du chien du jardinier. Lorsqu'on servit le dessert, il arrivait presque à devenir jaloux, jaloux d'Anastasie!... Oh!... oh!... tout avait été prévu à point, tout était parfaitement calculé d'avance.

Quant à moi, j'avais ma large part, bien entendu, dans les attentions et dans les caressantes prévenances de l'adroite amphitryonne: elle sentait que je pouvais devenir pour elle un précieux allié, mais aussi peut-être un terrible adversaire.

Il faut être juste, cependant; dans tout ce marivaudage,

mademoiselle Maniquet dépensait un grand art. Je ne sais pas si on lui avait fait ses mots d'avance, ni si l'entrain avec lequel elle tenait le dé de la conversation était de bien bon aloi, mais elle paraissait vraiment avoir beaucoup d'esprit... trop d'esprit même : parfois Vanstraët en rougissait.

Enfin, on se leva de table, et Roger s'approchant de moi :

— Hein ? fit-il, j'espère que voilà un dîner !

— Ma foi ! répondis-je, et avec sincérité; ma foi !... j'eusse tout autant aimé la soupe aux choux du Mesnil.

Il me tourna le dos sans répondre, et passa dans le salon.

De nouveaux invités arrivant, la réunion ne tarda pas à devenir très-nombreuse, assez bien choisie même; et le vicomte, heureux de se retrouver dans son élément favori, se montra plus brillant et plus papillonnant que je ne l'avais jamais vu.

Le prélude du concert se fit entendre.

Les amateurs, ainsi qu'il est d'usage, commencèrent, et le tour de Vanstraët arriva bientôt, puis celui de Roger. Je me rapprochai curieusement, afin de ne rien perdre de lui qui allait s'engager, et qu'Anastasie s'était réservé le malin plaisir de diriger en personne. Elle tenait le piano avec un talent un peu sec peut-être, mais réel.

Le Hollandais avait un baryton cotonneux, et chantait correctement; voilà tout. Et puis son visage bilieux se colorait à la moindre émotion, et rappelait alors les rouges et ronds fromages dont il était le compatriote; il n'eut qu'un succès d'estime.

Roger, tout au contraire, était un charmant chanteur de romances; et, ce soir-là, piqué d'honneur, il se surpassa lui-même. Aussi ce furent des applaudissements, des trépignements, une ovation... qui me semblèrent même suspectement exagérés; j'en répondrais, il y avait de la claque.

Et parmi les plus complimenteurs, parmi les plus enthousiastes, se distinguaient en première ligne mademoiselle et M. Maniquet. A les entendre, leur cher neveu, leur cher cousin était un Ponchard, un Duprez, un Rubini. C'était à qui ferait chorus parmi les intimes, je pourrais presque dire les complices.

Aussi le pauvre Roger ne se sentait pas de joie. Il saluait par ici, il faisait la roue par là; il se complaisait aux étreintes et aux accolades de tous, voire même à celles de l'oncle Maniquet; il embrassait et rembrassait les mains de la cousine Anastasie... oh! maintenant elle pouvait les lui abandonner sans crainte; ses lèvres enivrées par le poison de l'orgueil n'avaient plus la conscience des dimensions.

Le concert, cependant, continuait, et loin de ressembler au fameux festin de Boileau, son programme était une vérité. On entendit d'éminents artistes, et notamment Vieuxtemps, cette lyre vivante.

Mais les heures n'en marchaient pas moins, et, plusieurs fois déjà, j'étais allé dire à l'oreille de Roger :

— Tu sais, il se fait tard !

— Oui, oui, me répondit-il, quelques minutes encore, et nous partons!

Puis, comparable à l'ivrogne dont la soif semble augmenter à mesure qu'il boit, il retournait s'enivrer à la dangereuse coupe des succès de salon.

Une fois enfin je parvins à le retenir, et, le contraignant à se retourner vers la pendule, je lui montrai que l'aiguille allait marquer minuit.

Mais, au même instant, Anastasie arrivait de l'autre côté, et lui disait avec le plus câlin voi>

— Cousin... un dernier morceau... tout le monde le demande!

— J'en suis vraiment désolé, cousine... mais...

— Le duo du *Postillon de Lonjumeau*... oh! je me le rappelle... c'est votre triomphe !...

— Je ne dis pas non... ma chère Anastasie... mais...

— Je le chanterai avec vous, na...

Le moyen de refuser! mademoiselle Maniquet ne s'était point encore fait entendre.

Roger retourna au piano.

## XX

Le duo que venait de choisir Anastasie cachait encore un piège.

Tout le monde connaît les spirituelles partitions d'Adolphe Adam, ce compositeur si vraiment français, et entre autres le *Postillon de Lonjumeau*; tout le monde se rappellera sans aucun doute les pimpantes mélodies qu'échangent au premier acte Madeleine et Chapelou, ainsi que la situation qui les motive.

Tous deux, au moment de contracter un mariage d'amour, sont travaillés par l'ambition d'un sort plus brillant; ils s'entr'avouent tous deux qu'ils ont été consulter le vieux berger, devin du village, et que

> Se démenant comme un vrai diable,
> Après avoir lu dans leur main... etc.

C'était, bien entendu, Roger qui faisait Chapelou, et qui, par conséquent, continua :

> Il m'a dit que, dans un village,
> J'avais tort d'enchaîner ma main
> Et que, sur un autre rivage,
> M'attendait un brillant destin.
> . . . . . . . . . . . . . . . . . .
> Bref, pour parler avec franchise,
> Il m'a prédit qu'en t'épousant
> Je fais... je fais une bêtise!

Anastasie chantait Madeleine, et ce fut avec une hypocrite colère, très-finement soulignée, qu'elle accentua la réponse:

> Ton sorcier n'est qu'un imbécile,
> Qui ne sait vraiment rien de rien...

L'application se faisait d'elle-même, et le vicomte lui-même la sentit parfaitement. Mais c'était un de ces hommes qui ont pour devise : le succès avant tout! Et ce fut, en poussant davantage encore à l'effet, qu'il répliqua :

> Non... c'est un homme fort habile,
> Fort habile... et qui parle bien.

Et Roger devait, par deux fois, répéter cette recommandation de lui-même!.. Et, Roger, sans la moindre hésitation, renchérit encore sur le point d'orgue obligé.

Il y eut un tonnerre d'applaudissements mêlés de rires significatifs et de plaisanteries à demi-voix.

— L'allusion est piquante!... dit un vieux monsieur à Vanstraët, qui se trouvait précisément à mes côtés.

— Je ne comprends pas, fit le Hollandais.

Durant ce temps, Anastasie et Roger modulaient déjà la chamaillerie de l'ensemble : celui-là avec un chaleureux enthousiasme pour l'avenir doré; celle-ci avec une incisive et mordante raillerie des ambitions du volage. C'était juste, en ce moment, le contre-pied de leurs positions respectives; mais comme Anastasie savait bien le faire comprendre à son public, et avec quel verveux contre-sens elle chantait !

Puis, toujours dans le duo, ce fut à son tour de faire la coquette, de dire qu'elle aussi pourrait ne songer qu'à la richesse, et, laissant à l'infidèle aller retrouver une certaine tante qui habitait les colonies... les colonies hollandaises, je crois. Et toute l'assistance de rire à ce dernier mot, hormis toutefois le Hollandais, qui continuait à ne pas comprendre.

Vint enfin la dernière reprise, où Madeleine et Chapelou renoncent réciproquement à toute idée de séparation, se raccommodent et s'embrassent. Il fallait voir avec quel entrain, avec quel brio ce fut finale fut enlevé des deux parts. Pauvre vicomte!... c'étaient ses propres illusions qu'il semblait traiter de folie; c'étaient ses beaux rêves que la prosodie de M. de Leuven le contraignait à avoir l'air d'abjurer, c'était sur le cadavre de Bernardine qu'il finit par danser avec les grosses bottes du postillon de Lonjumeau! Quant à la cousine, sa voix était éclatante, ses yeux s'étincelaient, toute sa petite personne bondissait d'orgueil, et la joie du triomphe, quelque imaginaire qu'il fût, la transfigurait au point qu'elle finit par en devenir presque belle, d'une belle d'une sorte de beauté diabolique... la beauté de Rachel dans Roxane !

Aussi, quel succès! On fit bisser la reprise, et quand revint le baiser, on cria bis encore. C'était décidément une conspiration générale.

Je parvins cependant à fendre la presse, à rejoindre le vicomte au milieu de la pluie de fleurs qui fêtait de toutes parts son prétendu rapatriage avec sa cousine, à l'arracher, nouveau saint Antoine, à cette autre tentation infernale !

Justice lui soit rendue, cependant. Je n'eus qu'un seul mot à lui dire : Bernardine ! pour le réveiller de son égarement, et, malgré tout, cette fois il me suivit aussitôt.

Mais dans l'antichambre, au moment où nous remettions nos par-dessus, l'inévitable Anastasie se trouva comme par enchantement entre nous.

— Adieu, cousin! déclama-t-elle avec un accent qui présageait quelque nouvelle trame. Adieu!... ou plutôt, au revoir... À bientôt !

— A bientôt! répéta Roger avec une courtoise questionneuse.

— Oui, daigna-t-elle expliquer, je compte vous rendre visite... au Mesnil.

— Vous?

— Et dès demain... oui, si toutefois vous ne vous y opposez point; je me suis imposé l'amère obligation d'aller moi-même offrir à madame la vicomtesse de Fontanelle son voile, sa couronne et son bouquet de mariée.

Le vicomte eut un premier mouvement pour décliner cet honneur, pour combattre l'idée de ce rapprochement qui ne pouvait être que pénible pour tout le monde.

Mais l'astucieuse comédienne ne lui laissa pas le loisir d'un refus, et avec la naïveté d'une jeune chatte qui égratigne sous une apparente patte de velours :

— Cousin, reprit-elle vivement, permettez-vous que j'emmène avec moi M. Vanstraët.

Roger fit la mine d'un homme mordu jusqu'au sang, et ce fut avec un dépit mal dissimulé, qu'il répondit :

— Soit, cousine... mais à condition que, la veille de votre mariage avec ce monsieur, vous accepterez à votre tour, de ma main, la même parure... Oui, n'est-ce pas? Les petits cadeaux entretiennent l'amitié !

Ces derniers mots avaient été motivés par le silence d'Anastasie, qui se faisait un nouveau masque et une nouvelle pose pour le baisser du rideau. Elle porta la main à la place du cœur, elle retrouva son sourire de martyre, elle ferma douloureusement les yeux, et, de sa voix la plus élégiaque, elle répliqua :

— Oh ! Roger ! Roger ! vous êtes cruel ! Mais nous n'en sommes pas encore là, grâce à Dieu ! J'ai obtenu de différer mon consentement... définitif... jusqu'au jour où vous conduirez à l'autel ma rivale préférée; et ce jour-là, Roger, je serai présente... non pas dans l'église... oh ! non... ce serait trop !... mais sur votre chemin, derrière quelque haie, tout au fond de ma voiture, cachant mes larmes et de mes vœux vous suivant. Oui, Roger, la religion commande de prier pour ceux qui vous font souffrir... et même pour celles qu'on envie. Je prierai pour vous, je prierai pour elle !

Et, comme épouvantée d'en avoir trop dit, comme craignant de montrer davantage encore de désespoir et d'amour, elle s'enfuit, les mains sur les yeux.

— Allons!... allons!... en route!... dis-je à Roger, qui, Dieu me pardonne, allait s'élancer à sa poursuite.

Nous sortîmes enfin du palais de cette fée perfide.

Durant toute la côte, qu'il nous fallait remonter à pied, Fontanelle ne prononça pas une parole.

Mais lorsque nous eûmes retrouvé notre carriole, lorsque le mouvement et la vivacité de l'air eurent secoué l'espèce de torpeur dans laquelle il semblait plongé, je sentis qu'il se ranimait peu à peu. Bientôt, tout en fouettant le cheval, il se mit à fredonner les motifs du Postillon. Puis, tout à coup, il me demanda :

— Comment la trouves-tu ?

— Qui ça ?

— Anastasie, parbleu !

— Hum ! hum !

— Ce n'est pas une réponse, ça... Voyons, là, franchement, que penses-tu de ma cousine ?

— Beaucoup de mal !...

— Alors, ne m'en dis rien... car tu ne serais pas juste. Elle n'est vraiment pas sans mérite, et surtout... tu ne saurais soutenir le contraire... elle a un bien bon petit cœur !

Pour toute réponse, je me mis à chanter à mon tour :

Oh ! oh ! oh ! oh ! qu'il était beau,
Le postillon de Lonjumeau !

Roger me tourna le dos d'un air boudeur, et, durant tout le restant de la route, chacun de nous ne causa plus qu'avec sa propre pensée.

C'était une triste nuit, orageuse et sombre. Pas une étoile au ciel; sur la terre, pas d'autre lueur que celle que notre lanterne projetait sur le chemin. Un silence de mort planait sur les campagnes ensevelies dans la brume, et n'était absolument troublé que par l'aigre bruit des roues de notre carriole, par le grondement lointain de la mer agitée, par les sinistres lamentations des grands arbres courbés sous le vent et tout chargés de pluie : il y avait eu une bourrasque durant la fête.

Au moment où nous passions devant la chapelle au lierre, la vieille horloge, plaintive et grinçante, sonna trois heures du matin.

— Bigre! fit Roger.

Et le pauvre cheval qui n'était pas cependant le coupable, dut prendre le galop.

Un quart-d'heure plus tard nous entendions un chien qui hurlait; ce devait être le vieux Fidèle. Mais pourquoi donc hurlait-il?

Enfin, la silhouette accidentée du Mesnil commença à se dégager des ténèbres, contre lesquelles luttaient déjà les premières lueurs du matin.

Le regard de Roger se porta de suite vers la fenêtre de Bernardine; il avait le pressentiment qu'une lumière y brillait encore.

Mais non... c'était la vitre de la salle basse qui seule étoilait la nuit...

— Elle dort... et c'est Pétronille qui m'aura entendu, fit le vicomte avec un soupir d'allègement.

C'eût été, en effet, un remords de moins.

L'illusion ne fut pas longue. En approchant de la maison, nous entendîmes le piano qui se plaignait doucement, et comme à peine effleuré par une main rêveuse.

Quelque mourante que fût cependant cette voix isolée dans le silence, on pouvait reconnaître ce qu'elle murmurait ainsi.

C'était la douce mélodie qui avait bercé la convalescence de Roger, et le premier épanouissement des tendres émotions partagées avec Bernardine... C'était comme l'arme harmonique de leurs amours... C'était la dernière pensée de Weber!...

— Ah! fit le comte, touché au cœur, ah! je suis un misérable!

Et bondissant vers la porte, il l'ouvrit tout à coup.

Surprise et frissonnante, Bernardine se redressa vivement. Tout d'abord elle avait eu peur. Mais elle reconnut aussitôt son fiancé, elle mit un doigt sur ses lèvres, et sans que le moindre reproche pût être interprété dans son regard, sans qu'aucune arrière-pensée perçât dans son sourire :

— Chut! fit-elle, je les ai tous envoyés dormir depuis longtemps. Taisons-nous... Il est inutile de leur faire savoir que vous rentrez si tard.

Et, comme blessée par la lumière qui se reflétait trop vivement dans ses yeux, elle se les voila des deux mains, et tout à coup détourna la tête.

Mais, inspiré par l'instinct du cœur, Roger devina, à ce mouvement, un tout autre motif. Il se précipita vers elle, il la contraignit à se retourner, il lui écarta violemment les mains.

Hélas! il ne se trompait pas : l'angélique visage de Bernardine reparut tout inondé de larmes.

A cette vue, le vicomte eut un retour complet sur lui-même. Les quelques mauvaises pensées, les quelques lâches regrets qui pouvaient lui rester encore dans le cerveau s'évanouirent à l'instant, ainsi que des fantômes nocturnes épouvantés par le soleil. Il tomba spontanément aux genoux de Bernardine, et ce fut avec du vrai repentir, avec de la vraie passion, avec de vraies larmes aussi, qu'il lui cria, les mains jointes, et du fond de l'âme :

— Pardon, Bernardine, pardon! Oh! ne crains rien... va.. Je t'aime... Je t'aime!

Ce qui n'empêcha pas que, un peu plus tard, lorsqu'il fut remonté dans sa chambre, où je lui tenais compagnie pour un instant, il dit en me montrant la chaise de paille sur laquelle il allait s'asseoir :

— Décidément, il faudra que je fasse venir ici de bons fauteuils comme ceux de là-bas.

— Prends garde! me récriai-je aussitôt, prends garde de te remettre en tête ces dangereux souvenirs. Le Mesnil est une simple ferme, mon cher Roger, et tu n'es plus assez riche maintenant pour en refaire un château.

## XXI

— Pristi... comme te voilà belle!... dis-je à Pétronille, qui semblait faire la roue devant moi tout exprès pour attraper un compliment.

— J'cré bien! fit-elle, j'ai mis mon *biau devantiau* de soie.. mon *apolon* tout neuf, et ma *canipette* des dimanches...

— Qu'entendez-vous par votre *devantiau*, Pétronille?

— Quien... c'est mon *tabelier*.

— Et qu'est-ce que c'est que votre *apolon*?

— C'est mon casaquin, monsieur.

— Et la *canipette*?

— Ah! pour ce qui est de ça, monsieur, vous vous gaussez de moi... vous ne pouvez pas *ignorancer* ce que c'est qu'une *canipette*.

— Je l'*ignorance*, Pétronille... ma parole d'honneur! Voyons, Voyons, qu'est-ce que c'est qu'une *canipette*?

— Et... *parguiègne*, monsieur!... c'est un bonnet.

— Très bien; maintenant, pour qui sont ces frais de toilette?

— Comment! vous ne savez point?

— Je ne sais point.

— Au fait... oui... Vous n'étiez pas hier *taudret* (ici), et vous n'avez pu avoir *apercevance* des préparatifs. C'est moi que j'ai eu la peine de les faire presque toute seule, à preuve que j'en étais toute *enhannée*.

— *Enhannée*?

— Fatiguée, si ce mot-là vous plait mieux. C'est seulement lorsque le soleil s'a *couchi*, que tout fut *paré*.

— *Paré*?

— Prêt... Mais aujourd'hui, je n'aurai plus qu'à servir à table... Autant dire que je me repose... On a fait du *bout-dehaut* la plus célèbre *cuisineuse* du village, la femme à Jean Baron, le cabaretier, Jacqueline la Baronne!

Quant à ce dernier normandisme, je ne m'en étonnai nullement; j'avais déjà l'habitude d'entendre féminiser, comme désignation de la ménagère, le nom du mari. La femme à Baron, c'est la Baronne; la femme à Fontaine, c'est la Fontainaise; la femme à Guillemin, c'est la Guillemaine; la femme à Berger, c'est la Bergère; la femme à Grassot, ce serait la Grassotte... et ainsi de suite.

Mais, ignorant encore le nom du saint qu'on allait fêter, je m'enquis de rechef auprès de Pétronille.

— C'est l'notaire! fit-elle, avec une vénération mêlée d'orgueil.

— Le notaire...

— Pour le contrat... Oh! d'ordinaire il ne se dérange point, on va chez eux. Mais not' notaire à nous, c'est le parrain de mam'selle Bernardine. Par ainsi, vous comprenez le dérangement... et l'honneur!

— Le dérangement, Pétronille... et l'honneur aussi. Mais à quelle heure le festin ?

— Ça ne peut plus guère tarder, monsieur... Sitôt l'arrivée du notaire, on se met à table.

— Ah!... le repas précède la lecture du contrat?

— Oui, monsieur... Avant d'ouïr les actes, on mange toujours... et ferme... il faut ça.

Et, se prélassant dans ses beaux atours, elle s'en retourna voir si tout allait bien du côté de la Baronne.

Quelques instants plus tard, un vrai cabriolet *notarial* s'arrêtait devant le Mesnil, et le parrain de Bernardine faisait sa superbe entrée dans la grande salle, avec son ministériel portefeuille noir sous le bras.

Le notaire de campagne est un type des plus intéressants, des plus pittoresques. Bien mieux que le curé, bien mieux que le médecin, il connaît le paysan, car il le voit, pour ainsi dire, à travers un rouleau de papier timbré, magique lorgnette qui pénètre jusqu'au fin fond des consciences et pour laquelle il n'est réellement pas de secrets. C'est lui qui partage le patrimoine entre les frères et sœurs, c'est lui qui dresse le contrat entre les époux, c'est lui qui garde les testaments, c'est lui qui pose les scellés après la mort. Quand il voit venir l'un de ses clients, il sait d'avance ce qui l'amène et quel sera son avenir; quand il traverse un champ, quand il entre dans une maison, il pourrait vous en raconter l'histoire. Le passé, comme la valeur de toutes choses, est classé, étiqueté dans son cerveau, ni plus ni moins que dans les cartons verts de son étude. Conseiller de tous les intérêts, dépositaire de toutes les fortunes, grand-prêtre de la propriété, il la représente incarnée en lui... il est la terre vivante. Aussi, pour le campagnard, c'est le grand personnage par excellence.

Mais, hâtons-nous de le reconnaître, il mérite généralement cette considération, et, sous une apparence un peu grave, cache beaucoup de bon sens, un esprit conciliateur et des mœurs douces. Parfois même, il joue de la flûte, s'adonne à l'horticulture, et rime clandestinement des madrigaux, des épigrammes, des poèmes en cinq chants... J'en ai connu un qui faisait des tragédies ! Que voulez-vous?... on n'est pas parfait... notaire.

Celui avec lequel nous faisions connaissance ce matin-là, maître Cotentin, était un excellent vieillard qui, sous des cheveux blancs comme neige, conservait une surprenante fraîcheur de visage et une toute juvénile gaieté d'esprit. Son regard était vif encore et son geste prompt; son sourire, bien que légèrement caustique, dénotait une grande bonté. Rien qu'à la manière toute paternelle dont il embrassa Bernardine et lui dit, en empruntant le patois du pays : Bonjour, mon *éfant !*... je me dis de suite : c'est pour elle un sincère ami. Ensuite, il sut trouver un compliment agréable pour chacun, même pour les domestiques. Il les connaissait tous, il les appelait par leurs noms et leur demandait des nouvelles des vieux parents. Quant à Roger, quant à moi, il s'y prit de telle façon, que nous nous familiarisâmes aussitôt avec lui. Pour ma part, je ne saurais dire à quel point il me plut. Mais j'en oublie vraiment de compléter le portrait par le costume, qui se composait d'un chapeau rond, très-bas de forme et à très-larges bords; d'un grand habit noir à longues basques carrées, avec gilet et pantalon évidemment taillés dans la même pièce; d'une cravate d'une blancheur immaculée, et de souliers de daim à boucles d'argent. Gardons-nous de passer sous silence les bésicles d'écaille et la tabatière d'or, signes caractéristiques de la profession. En Normandie surtout, tous les notaires ont la vue basse, et prennent du tabac: c'est d'uniforme.

Sitôt le repas terminé, Pétronille enleva le couvert, et mit sur la table une nappe nouvelle, une fine nappe, une nappe d'autel !

Maître Cotentin y déposa solennellement son grand portefeuille noir, l'ouvrit avec une petite clé suspendue parmi ses breloques, et exhiba aux yeux de tous un volumineux cahier de papier timbré, dont les feuilles étaient réunies entre elles par deux galantes rosettes de faveur rose.

Puis, il essuya du coin de son mouchoir les verres de ses bésicles, les replaça méthodiquement sur son nez, toussota quelque peu, passa l'index entre son cou et sa cravate, et finalement commença la lecture du contrat.

Si jamais, durant les loisirs de la campagne, au retour de la promenade et de la chasse, vous avez pris l'habitude d'entrer dans une maisonnette qui se trouve au bord du chemin, et que le propriétaire de cette maisonnette ne sache pas lire, à la quatrième ou cinquième visite, il sera allé ouvrir son armoire de chêne, il en aura tiré de vieux actes jaunis, ses titres de propriété, et revenant cauteleusement vers vous, il vous aura dit avec toutes sortes de suppliantes convoitises dans la voix et dans le regard :

— Mon bon monsieur, si c'était un effet de votre part, baillez-moi donc un peu la connaissance de ce que disent ces écritures-là...

Notons, en passant, qu'il les connaît mieux que vous ne les connaîtrez jamais; il les sait par cœur.

Mais il aime à entendre souvent répéter la phraséologie gothique et biscornue. C'est pour son oreille la plus suave de toutes les musiques, et s'il vous a obligeamment attiré chez lui ; s'il s'est empressé de vous offrir, sous le manteau de la cheminée, la place la meilleure; s'il vous a parfois contraint d'accepter un verre de cidre ou de piquette, c'était dans l'hypocrite espérance que vous lui serviriez un jour de flatte-passion, que vous lui joueriez son air favori.

Naturellement, surtout si vous êtes observateur, vous vous êtes prêté de bonne grâce à la manie de votre hôte. Et alors, souvenez-vous !... il a rapproché vivement sa chaise basse, il s'est campé bien devant vous, les mains sur les genoux, le haut du corps en avant, l'oreille tendue, la bouche ouverte; il a, pour ainsi dire, aspiré, bu, vos paroles... et, jusqu'au bout, il vous a dévotieusement écouté, avec les yeux mi-clos et la mine papelarde d'un chat qui digère. Hein... n'est-ce pas vrai?... c'est cela.

Malheureusement, il n'a pas toujours un lecteur sous la main ce qui fait qu'il envoie régulièrement son fils à l'école, et qu'il lui dit :

— Dépêche-té bien vite d'apprendre, guerdin, tu me liras mes actes!

Quant au paysan qui sait lire, il se donne lui-même des voluptés plus discrètes; bien souvent, durant les longs soirs d'hiver, lorsque le vent ronfle dans la cheminée, lorsque la pluie grésille, il s'assied au coin de l'âtre, en face de sa ménagère qui, de l'autre côté, tricote à la lueur de la lampe suspendue entre eux; il savoure conjugalement la délicieuse lecture du papier timbré, avec argumentations et commentaires! J'en ai même connu qui, pour en arriver là, réalisaient l'impossible à force de patiente devination et, qui, ne sachant pas épeler dans leur livre de messe, déchiffraient couramment leur patrimonial grimoire.

Mais quand c'est une première audition, mais quand c'est le notaire lui-même qui lit, oh! oh! c'est une bien autre affaire, par ma foi !... Supposez Rossini chantant sa propre musique, et avec la voix de Rubini, et devant une réunion des vingt plus extatiques dilettantes de l'Europe, il ne serait pas écouté avec plus de recueillement, avec plus de vénération, avec plus de béatitude, que ne l'est un simple notaire campagnard lisant un contrat au village.

En cette circonstance, cependant, il n'en fut pas ainsi, et maître Colentin s'y reprit à deux fois, tout étonné de ne pas sentir autour de lui son public ordinaire.

Hormis Pétronille et la tante Rose (et encore cette dernière laissait-elle percer dans sa gravité comme une vague inquiétude) ce fut à peine si on écouta les premiers articles. Jacques était rêveur, et comme embarrassé ; Bernardine et Roger se regardaient en souriant ; je taquinais avec le bout de ma canne le vieux Fidèle, aux trois quarts endormi sur le seuil.

Heureusement pour le notaire, il arriva bientôt à un passage ainsi conçu, ou du moins à peu près :

« La demoiselle Bernardine Duvernay apporte en dot :
« 1° La ferme dite le Mesnil,
« 2° La cour dépendant d'icelle,
« 3° Les prés, terres en labours, etc, »

Maître Colentin fut obligé d'en rester là.

Bernardine venait de se lever et marchant vers Jacques :

— Jacques, dit-elle, que signifie ?

— Mademoiselle... interrompit-il en rougissant quelque peu, mademoiselle, ne vous offensez pas de cela. Votre père avait laissé de l'argent à la tante Rose... vous le savez... beaucoup d'argent. J'en ai besoin, moi, puisque je vais partir. Je me suis donc permis de le prendre, et en échange... pardon de ne pas vous avoir consultée, j'ai cru pouvoir vous donner le Mesnil.

Roger, à son tour, intervint tout à coup :

— Jacques, s'écria-t-il, vous mentez!... Oui, M. Duvernay n'a rien laissé à sa fille, absolument rien ! Il est temps que Bernardine apprenne enfin la vérité ; qu'elle vous en témoigne toute sa reconnaissance, mais qu'elle vous dise aussi que vous n'avez été déjà que trop généreux... N'essayez pas de le nier, la tante Rose m'a tout dit !

Jacques et Bernardine se retournèrent en même temps vers la tante Rose.

A Bernardine, elle répondit :

— Oui, mon enfant... Oui... Tes dernières années de couvent, la douce aisance dont tu jouissais ici, tu dois tout à Jacques.

Et pour celui-ci elle ajouta avec une malicieuse bonhomie, qui sur-le-champ me donna l'explication de sa confidence au vicomte :

— C'est pas ma faute, mon garçon... Tu m'avais fait jurer le secret au vis-à-vis de tous les gens du Mesnil ; mais, que veux-tu ? nous n'avions point fait mention des étrangers qui pourraient y survenir.

Déjà Bernardine s'était élancée vers Jacques. Elle voulut parler, mais l'émotion étouffait sa voix ; elle ne put que montrer ses larmes.

Puis tout à coup, comme inspirée par la reconnaissance, elle lui saisit la main, et, malgré tous les efforts qu'il fit pour s'en défendre, elle la porta plusieurs fois à ses lèvres.

— Bernardine!... mademoiselle, y pensez-vous? balbutiait le pauvre garçon, non moins ému, non moins frémissant qu'elle-même.

— Jacques!... parvint-elle à articuler enfin. C'est donc bien vrai !... Vous avez fait cela... Ah! pourquoi donc ne me l'a-

voir pas dit, au moins ?... Moi qui me considérais ici presque comme la maîtresse... Et vous vouliez encore... Ah!... Jacques... Jacques ! Quel cœur vous avez ! Comme vous êtes bon !

Et cette fois, même avant que personne n'eût pu la deviner, elle lui jeta les deux mains aux épaules, et se grandissant tout à coup jusqu'à son visage, elle l'embrassa bel et bien sur les deux joues.

Il n'était personne dans la grande salle qui ne fût profondément touché. La tante Rose, les mains jointes et les yeux levés vers les solives du plafond, semblait prier en même temps qu'elle pleurait. Pétronille sanglotait à narines ouvertes, avec le bruit de deux tuyaux d'orgue engorgés. Roger serrait la main de Jacques avec un sincère attendrissement, et moi, de l'autre côté, j'attendais mon tour. Le notaire lui-même, un notaire royal, se cachait derrière son portefeuille, et d'une voix entrecoupée disait :

— Mes enfants, voyons, voyons, du calme, ceci n'est plus de mon ressort, que diable ! On ne s'émotionne pas ainsi... par devant notaire !

Le calme, cependant, se rétablit peu à peu, et ce fut comme en se parlant à elle-même, mais avec une ardente soif de reconnaissance, que Bernardine dit encore :

— Ah ! Jacques... Comment pourrai-je jamais m'acquitter avec vous ?

— En acceptant ce contrat tel que je l'ai fait préparer, tel qu'il est, s'empressa de répondre Jacques.

Elle fit un signe négatif ; il poursuivit avec chaleur :

— Mais souvenez-vous donc de ce que votre père a fait pour moi... de ce que je dois à sa fille !... Vous ne voulez pas, vous ne voudrez jamais ? Eh bien ! voyons... il reste à M. Roger dix mille francs... Je les prends... là... ce sera le prix du Mesnil.

— Combien le Mesnil vaut-il ? demanda le vicomte au notaire.

— Cinquante mille francs au bas mot, répliqua maître Colentin.

Jacques eut un geste vraiment désespéré. Puis, comme avec une inspiration soudaine :

— Eh bien !... reprit-il, vous me devrez le reste... avec hypothèque, si vous l'exigez. Arrangez cela vous-même avec M. le notaire... Tout ce que je demande, moi, c'est que mademoiselle Bernardine rentre en possession de cette ferme, qui a appartenu à son père... Il faut ça pour que je parte content... il le faut !

— Soit ! consentit enfin le vicomte. Je n'y mets qu'une seule condition : c'est que vos intérêts seront parfaitement réservés.

— Faites.

Roger se rapprocha du notaire ; et, après quelques minutes de conversation à voix basse, ce dernier commença la rédaction d'un long paragraphe additionnel.

Durant ce temps-là, la tante Rose et Pétronille chuchotaient sous le manteau de la cheminée ; de l'autre côté, sur le seuil, Jacques et moi nous étions debout auprès de Bernardine, qui venait d'aller s'asseoir en dehors, sur le banc de pierre, avec le vieux Fidèle à ses pieds :

— Ainsi, dit-elle, comme suivant à haute voix le cours d'un entretien commencé avec elle-même... ainsi, Jacques, bien décidément vous voulez partir ?

— Oui, Bernardine. Ne le savez-vous pas ? n'est-ce donc pas convenu ?

Pour Bernardine. (Page 30.)

— Et... quand partez-vous?

— Aussitôt après votre mariage... le lendemain... le jour même peut-être...

— Oh!... quant à cela, non!... je ne le veux pas... Je vous en prie, restez au moins ce jour-là.

Un douloureux frissonnement parcourut tout le corps de Jacques, mais néanmoins il répondit :

— Soit, Bernardine, je ne partirai que le lendemain.

Il y eut un silence.

— C'est en Amérique que vous allez vous établir? reprit-elle, en relevant tout à coup vers lui ses beaux yeux attristés.

— Non! fit-il avec un sentiment national des plus dignes. Non... la France a des colonies qui demandent des défricheurs intelligents et des citoyens nouveaux; c'est en Algérie que je vais.

— Mais pourquoi vous exiler ainsi de votre pays, de cette ferme où vous êtes né?... Jacques, pourquoi donc partez-vous?

— Je vous l'ai déjà dit, le désir des voyages s'est éveillé tout à coup en moi; le besoin de plus larges horizons, la passion de la grande culture dans une terre vierge encore de la charrue. Et puis, là-bas, on peut faire rapidement fortune. Je veux devenir un grand propriétaire... Que voulez-vous, Bernardine? il ne faut pas lutter contre ces choses-là; je suis ambitieux!

— Ambitieux! répéta lentement Bernardine.

Et elle demeura pensive.

## XXII

— Eh quoi? disait Bernardine à Maître Cotentin, qui s'apprêtait au départ... eh quoi!... vous ne voulez pas revenir après-demain, pour conduire à l'église votre filleule?

— Écoute donc, mon enfant, répondit-il avec une tendresse dans laquelle perçait cependant une certaine susceptibilité blessée, tu as fait demander le notaire, et le notaire s'est empressé d'accourir à ton appel; mais tu n'avais pas consulté le parrain et ses occupations...

— Sois tranquille, Bernardine, interrompit tout à coup la tante Rose. Je vais lui parler, moi... et il viendra.

Elle prit, en effet, le bras du notaire, et, après quelques tours de verger, elle le ramena disant à Bernardine :

— Je reviendrai, mon enfant... Oh! oui, je reviendrai!

Puis, sans s'expliquer davantage, il embrassa sa filleule avec une émotion étrange, et partit aussitôt.

Aucun autre incident ne marqua la journée; mais, vers la brune, Pétronille fit soudainement irruption dans la salle basse, et d'une voix tout essoufflée, nous cria :

— V'là... v'là que vient de s'arrêter à la barre de l'enclos une calèche toute reluisante d'or!

— Après?... demanda je ne sais plus lequel de nous.

— Après... une superbe demoiselle est descendue de la voiture... Ça doit être pour le moins une princesse... Puis un *biau* monsieur... Il a *croché* la princesse.

Sceaux. — Typ. et stér. M. et P.-E. Charaire.

201

ANS POUR TOUS

LE MESNIL-AU-BOIS

Par Charles DESLYS

10 centimes.

ROMANS POUR TOUS

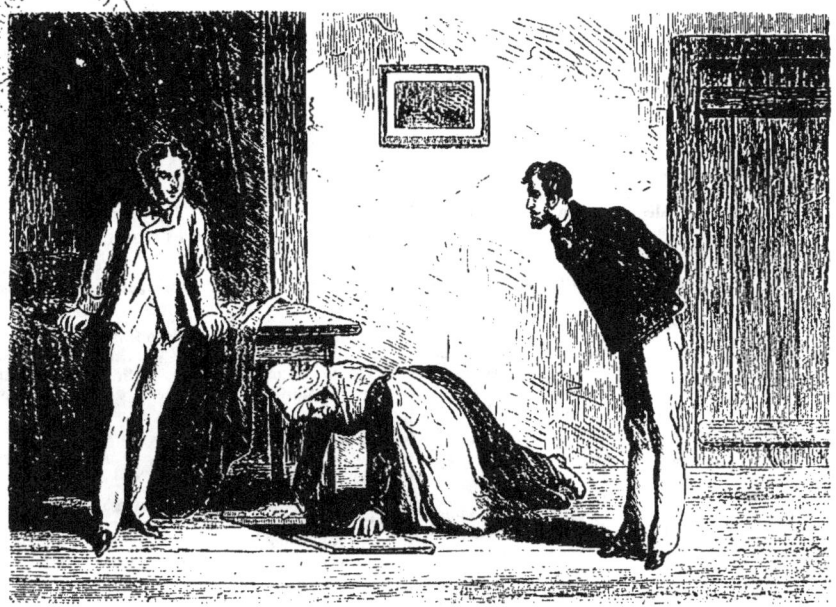

Elle y plongea ses regards. (Page 41.)

— Croché?.

— Oui... il lui a donné le bras, et tous les *deusse* ils vien-
t par ici... Tenez, tenez, les v'là !

Le *biau* monsieur, c'était le Hollandais Vanstraët; la prin-
se... c'était mademoiselle Maniquet.

Elle avait parfaitement choisi son heure pour risquer la
confrontation avec Bernardine, et non contente encore des
les du crépuscule, elle s'était tellement embéguinée de den-
s et de gaze, qu'on ne distinguait plus guère que ses
x.

Quant au reste de la toilette, jamais modiste parisienne
vait chiffonné plus séduisante capote, jamais plus élégante
e n'avait fait chanter ses volants de soie sous un plus
ndide cachemire.

Pétronille était pleinement justifiée : c'était là vraiment une
ncesse.

Elle entra, légère et superbe, marcha droit à son heureuse
le, s'inclina gracieusement devant elle, et lui dit :

— On a dû vous prévenir, mademoiselle, que j'étais dans
tention de vous apporter moi-même mon cadeau de noces.
l... je veux que vous l'acceptiez de ma main, cousine...
st mon droit... Permettez-moi donc de vous l'offrir...

Et, se tournant à demi vers un petit groom, dont j'oubliais
mentionner la présence, elle lui fit signe de déposer sur
able le carton dont il était porteur, puis de l'ouvrir.

Bernardine, bien que tout d'abord un peu interdite, sut
ver une réponse pleine de tact et de dignité modeste. Mais
qu'Anastasie l'eut contrainte à voir qu'il s'agissait de fleurs
-fines et d'un magnifique voile de dentelle elle se récria

Le Mesnil-Au-Bois. 6.

avec un étonnement candide, avec une toute charmante douceur :

— Y songez-vous, mademoiselle? d'aussi riches choses à
moi, une simple mariée de village... presque une paysonne...
Oh! non, non, c'est impossible.

— Les refuseriez-vous? interrompit mademoiselle Maniquet,
presque avec le désir qu'on lui fit cet affront aux yeux de
Roger.

Mais Bernardine ne lui donna pas cette joie; elle répondit :

— Je les accepte, mademoiselle... mais pour en faire hommage à la Vierge de notre église, hommage en votre nom
comme au mien, et 'je la prierai pour que vous aussi, vous
soyez heureuse !

Anastasie se mordit les lèvres.

Mais elle n'était point fille à se rebuter pour si peu. Elle
reprit aussitôt son aplomb, elle sourit de rechef, et se tournant à demi vers Vanstraët :

— Charmante ! lui dit-elle. N'est-ce pas, monsieur, qu'elle
est charmante !

Le Hollandais s'inclina gravement.

Puis, mademoiselle Maniquet reporta ses regards vers Bernardine, et, comme entraînée par une sympathique admiration :

— Cousine, s'écria-t-elle, il faut que je vous embrasse !

Ce baiser de Judas fut donné... Anastasie dut se retenir à
quatre pour ne point mordre.

On s'assit.

Le vicomte, qui ne s'était encore mêlé à la scène que par

quelques paroles inintelligibles, paraissait de plus en plus embarrassé.

Quant à Bernardine, elle était vraiment admirable de convenance et de simplicité; pour la Maniquette, ainsi qu'il n'eût pas manqué de dire Pétronille, elle semblait parfaitement à l'aise, et l'on eût dit qu'elle ne conservait aucun souvenir amer, aucun pénible regret. Elle plaça fort à propos deux ou trois phrases heureuses dont elle s'était sans doute munie d'avance; elle fut d'un enjouement vraiment enfantin, d'une cordialité vraiment charmante; et lorsqu'enfin elle se leva pour le départ (Pétronille allait allumer la lampe!) ce fut en petite personne tout à fait décidée, et tout à fait contente de l'être, qu'elle présenta triomphalement son Hollandais à Bernardine, puis à Roger en leur disant:

— Cousine... cousin... je ne veux pas sortir d'ici sans vous faire part d'une grande nouvelle, qui intéresse toute la famille... M. Vanstraët, d'Amsterdam, mon futur mari!

— Ah! fit le vicomte, avec un mouvement très-marqué de surprise et de dépit, qui n'avait de signification que pour moi seul, mais qui pour moi bien clairement signifiait : Déjà !... Je n'aurais pas cru qu'elle se décidât si tôt... ce n'est pas là ce qu'elle m'avait promis, etc., etc.

Il y a tant de choses parfois dans un ah!

La Maniquette n'eut garde de manquer l'interprétation de celui-ci, et se crochant à l'Amsterdamois, qui venait de saluer solennellement la vicomtesse et le vicomte de Fontanelle, elle reprit avec une intraduisible impertinence :

— Roger... ne vous reste-t-il pas quelques affaires à régler avec mon père? S'il vous plaisait de nous accompagner jusqu'à Trouville, vous pourriez tout terminer dès ce soir, et je vous renverrais avec la voiture. Voulez-vous ?

Oh! lâcheté humaine! Fontanelle s'empressa d'accepter, et comme excuse vis-à-vis de nous tous :

— Il s'agit de ces dix mille francs que j'ai promis à Jacques, dit-il très-vite, Jacques en a besoin, et sans retard, puisqu'il va partir. Ma foi, je profite de l'occasion. Vous permettez, Bernardine ?

— Roger, fit-elle en souriant, est-ce que vous n'êtes pas libre ?

— Je vous le renverrai de bonne heure, s'empressa de dire Anastasie à Bernardine, mais avec un tout autre sourire.

Puis, après un cérémonieux salut, après une seconde embrassade aussi sincère que la première, après un dernier mot à effet, elle sortit au bras de Vanstraët.

Roger les suivait, le groom suivait Roger.

Je me fis un devoir, un plaisir, de rester auprès de Bernardine; et, dans la crainte que son calme apparent ne cachât une secrète blessure, je m'appliquai à lui prouver que le vicomte avait eu raison. Bien plus, me rappelant la longue attente et les larmes de l'avant-veille, je lui persuadai d'avance que son fiancé ne pouvait rentrer que fort tard, et, finalement, je la contraignis à remonter chez elle, en lui disant :

— Dormez en paix cette nuit, Bernardine, et ne faites que de doux rêves... J'ai des lettres à écrire, moi... J'attendrai Roger...

Mes prévisions ne me trompaient pas, il ne rentra que longtemps après minuit.

Son visage était pâle et profondément altéré. Il y avait en lui la préoccupation inquiète et la brusque taciturnité d'un homme mécontent de soi-même, et dans l'âme duquel il se livre un grand combat. À peine parvins-je à lui arracher quelques mots.

Le lendemain arriva, la veille du mariage.

## XXIII

Dès le matin, je rencontrai Jacques dans le verger; il me prit à part et me dit :

— Vous avez paru me témoigner quelque amitié, monsieur; je crois pouvoir vous demander un service.

— Parlez, Jacques, m'écriai-je avec empressement, je suis tout à vous.

— Merci, répondit-il. Mais allons un peu loin, et parlons bas. Voici ce dont il s'agit. Vous m'avez entendu donner à Bernardine la promesse de ne partir que le lendemain de son mariage. Mais bien décidément, non... voyez-vous... c'est impossible!

— Pourquoi ?

Il hésita un moment, puis il reprit :

— Le paquebot qui va du Havre à Marseille part demain soir, et il faut absolument que je me mette en route aussitôt après la cérémonie terminée à l'église... absolument! Mais je n'ose pas dire cela moi-même, et j'ai compté sur vous pour lui faire entendre raison...

— Ah! Jacques, vous allez lui faire bien du chagrin.

— Ce sera la première fois, fit-il avec un amer sourire, et ce sera aussi la dernière. D'ailleurs, pourquoi s'attristerait-elle tant de mon départ? Est-ce que le jour où elle se marie, une fille ne quitte pas ordinairement son père? J'étais comme qui dirait son père... et c'est moi qui m'en vais. Voilà toute la différence!

Mais, quelque effort qu'il fit pour dompter sa douleur, il fallut qu'il se détournât pour essuyer une larme.

— Jacques! m'écriai-je, tout attendri.

Mais il m'écarta du geste, et avec une laconique brusquerie :

— Voulez-vous faire ce que je vous demande, conclut-il, oui ou non ?

— Je parlerai à Bernardine, Jacques.

— C'est bien... merci !

Il serra expressivement la main que je venais de lui tendre, et s'éloigna à grands pas.

Un instant je restai immobile, tant l'émotion de cette calme nature m'avait étonné, tant les pleurs de cet homme si fort m'avaient attendu. Puis, impatient d'éclaircir le doute qui venait de me venir à la pensée, j'eus un mouvement pour m'élancer à la poursuite de Jacques.

Mais, en ce moment, j'aperçus tout à coup le vicomte qui venait à moi.

Bien que la fatigue empreinte sur son visage révélât une longue et fiévreuse insomnie, il semblait s'être retrempé aux sources vives de la jeunesse et de l'amour; il était alerte, joyeux et fier comme on doit l'être à vingt-cinq ans, lorsqu'un libre avenir s'ouvre devant vous, lorsqu'on aime et qu'on est aimé, lorsque tous les enchantements d'une splendide matinée de juillet vous font cortège!

Jamais, en effet, le Mesnil n'avait été plus charmant que ce matin-là. Sa pittoresque façade disparaissait littéralement sous les fleurs, dont quelques-unes, clochettes hardies, grimpaient en se balançant avec grâce jusqu'au faîte de ses clochetons pointus. Le ciel était d'une incroyable pureté ; l'herbe était d'un beau vert brillant, qu'emperlait encore la rosée. A travers les haies, toutes pleines de gazouillements, on apercevait d'un côté la mer, presque bleue, de l'autre les campagnes inondées de soleil. Mais quelque ardents que fussent déjà ses rayons, à peine parvenaient-ils à allumer quelques tremblotantes éclaircies dans l'épais feuillage des vieux pommiers, légèrement agités par la brise, et dont les grosses ombres jouilluses semblaient jouer ensemble sur le lumineux tapis du verger. Tout était d'une fraîcheur et d'une joliesse indicible ; tout avait un charme à la fois matinal et printanier, qui pénétrait l'âme, égayait l'esprit et gagnait jusqu'aux animaux eux-mêmes de la ferme : quadrupèdes et volatiles, çà et là s'ébattaient tout en joie. Pour reproduire sur la toile un semblable paradis, et surtout pour en faire revivre la délicieuse impression, il eût fallu la chatoyante et magique palette de Daubigny, ce Beethoven du paysage !

— Eh bien ! me cria de loin Roger, eh bien ! est-ce que ce n'est pas ici le vrai luxe ? Est-ce que ce n'est pas ici la sagesse ? Est-ce que ce n'est pas ici le bonheur ?

Et, nouveau Tityre, revenant à ses moutons, il me défila tout d'un trait une bucolique normande.

— Bravo ! bravo !... interrompis-je enfin. Et maintenant que je voici en riante humeur, conte-moi donc ce qui s'est passé hier soir entre toi et la belle Anastasie...

A ce nom le front de Roger se rembrunit tout à coup, et son enthousiasme s'éteignit ainsi qu'une fusée tombant dans l'eau.

— Ne me demande pas cela !... fit-il, avec une volubilité nerveuse. Je ne m'en souviens plus ; je ne veux plus m'en souvenir !... Ne me parle jamais de ma cousine... ne m'en dis surtout jamais de mal... Elle souffre, et elle m'aime... Oui... elle m'aime !... Tu es vraiment par trop injuste à son égard. Pauvre fille ! il y a surtout en elle une sensibilité... une poésie...

— Insensé ! m'écriai-je, en lui montrant Bernardine, qui venait d'apparaître sur le seuil de la ferme... insensé et ingrat... la véritable poésie, la voilà !

A ce mot, à cet aspect, une nouvelle transformation s'opéra chez Roger. Le sourire lui revint, ses yeux brillèrent de nouveau ; de nouveau l'aurore du bonheur illumina son visage. Puis il fit le geste d'un homme qui chasse de son esprit une pensée importune, et écrasa entre ses lèvres quelques paroles inintelligibles. Enfin, me serrant la main :

— Tu as raison, me dit-il ; merci !

Et il s'élança en courant vers sa fiancée.

— Qu'a-t-il donc ? me demandai-je, tout étonné de ces brusques revirements. On dirait que quelque chose comme un remords l'enfièvre, et la main qu'il vient de mettre dans la mienne, était brûlante.

La tante Rose, qui s'en revenait de Notre-Dame-de-Grâce, passa en ce moment devant moi et m'honora de sa révérence ordinaire ; mais, contrairement à l'habitude, elle fit un petit temps d'arrêt, et parut tout d'abord vouloir me faire une confidence. Je le crus ainsi du moins, et sans doute je me trompai, car elle se contenta de m'apprendre que c'était l'avant-dernier jour de sa neuvaine. Puis, elle poursuivit son chemin.

La matinée s'écoula, sans amener aucun incident remarquable. Mais Roger était vraiment d'une irritabilité, d'une mobilité d'esprit singulières. A chaque instant il changeait d'humeur, de visage, et, sans transition aucune, passait de l'enthousiasme à l'énervement, de la tendresse à la colère. Il s'emporta contre Pétronille, qui venait de jeter une grosse bourde narquoise à travers un de ces accès de lyrisme, et Bernardine ayant voulu prendre, en souriant, la défense de la pauvre servante, contre Bernardine elle-même il eut un mouvement de brusquerie.

Elle pâlit aussitôt ; elle porta la main à son cœur blessé,

et, bien qu'avec une extrême douceur, elle fut bien obligée de lui dire à son tour :

— Mais qu'avez-vous donc, Roger ? depuis deux jours vous n'êtes plus le même.

Le vicomte alors eut un repentir d'enfant. Ainsi qu'au premier retour du pavillon des Hortensias, il se précipita aux pieds de Bernardine, et il eut des larmes dans les yeux.

Une gracieuse réconciliation s'en suivit, et les deux fiancés se reprirent à gazouiller ce charmant duo d'amour qui ne se chante qu'une fois dans la vie, la veille du mariage, et qui se résume dans deux seuls mots : c'est demain, c'est demain !

Après le repas de midi, cependant, Bernardine écarta de la main le vicomte, et lui dit :

— Je m'en vais à l'église, Roger, j'y désire aller seule, et jusqu'à l'heure où la cloche de la cérémonie nous appellera pour y retourner ensemble, rester seule en retraite dans ma chambre. C'est une pieuse coutume du pays. A demain donc, Roger, vous voulez bien, n'est-ce pas ?

Je m'attendais, sinon à un refus, du moins à quelque résistance de la part du vicomte. Bien loin de là, il consentit avec empressement, presque avec joie.

Bernardine partit.

Alors la préoccupation de Roger, son étrange enfièvrement, parurent s'accroître encore. Sans même s'inquiéter si je le suivais ou non, il s'était mis à marcher à grands pas dans le verger ; il murmurait de sourdes paroles entrecoupées de gestes et d'exclamations ; on eût pu le prendre pour un maniaque, pour un possédé, pour un fou.

Puis, tout à coup, il vint à moi, et brusquement :

— Je vais à Trouville, me dit-il.

— Comment ! me récriai-je. Encore...

— Eh ! pourquoi pas ?... interrompit-il avec une sorte de fureur ; mon oncle était absent hier soir... je n'ai pu toucher l'argent de Jacques... Il faut que j'y retourne, il le faut ! et d'ailleurs je suis mon maître, ce me semble, je suis libre...

— Assurément.

— C'est fort heureux... A ce soir, donc... je pars...

— Tu ne veux pas que je t'accompagne ?

— Non.

— Cependant...

— Non, te dis-je... non !

Et, rapidement, il s'éloigna.

Que s'était-il donc passé la veille au pavillon des Hortensias ? qu'allait-il s'y passer encore ?

Tout le restant du jour, je me posai ces deux questions, et j'en arrivai jusqu'à me dire :

— Il ne reviendra pas.

Mais non. Avant même la nuit, le vicomte était de retour.

## XXIV

— Par ma foi ! dis-je à Fontanelle, qui venait d'achever sa toilette, par ma foi ! tu es un marié charmant, et tout à l'heure, en allant à l'église, il n'y aura pas une fille, demoiselle ou paysanne, qui n'enviera le sort de Bernardine.

Tout à coup on frappa discrètement à la porte.

— Ouvre, dit le vicomte, en donnant un dernier coup d'œil au modeste miroir de sa chambrette.

— J'obéis... et reculai tout étonné.

C'était la tante Rose, mais plus grave encore et plus solennelle que de coutume. Elle arrivait sans doute de terminer

son pèlerinage, et le motif qui, pour la première fois, la fai
sait monter chez le vicomte devait terriblement absorber son
esprit, car elle avait oublié de remettre ses chausses et se tenait pieds nus sur le seuil.

— Entrez... entrez donc, tante Rose, dîmes-nous en même
temps, Fontanelle et moi.

Elle referma la porte, puis s'avançant lentement, suivie du
vieux Fidèle, qui, sitôt qu'elle s'arrêta, s'accroupit à ses pieds.

— Monsieur le vicomte... commença-t-elle, après s'être un
instant recueillie... je ne suis qu'une pauvre vieille paysanne,
mais j'ai bien prié le bon Dieu... Peut-être m'inspirera-t-il
les paroles qu'il faudrait pour vous convaincre... et pour vous
ramener dans votre vrai chemin. Écoutez-moi...

De plus en plus surpris l'un et l'autre, mais déjà tous les
deux subissant l'influence de cette auguste simplicité, nous
eûmes un même mouvement pour engager la tante Rose à
s'asseoir.

Elle refusa du geste, et poursuivit :

— Jusqu'au dernier instant, monsieur le vicomte, j'ai espéré
que vous m'épargneriez cette démarche... et lorsque je vous
ai vu passer hier, si j'ai croyais bien que ce serait pour toujours...
ou du moins que, si vous reveniez, ce serait pour tout rompre.

— Moi, voulut interrompre Roger.

— C'était votre intention, reprit avec plus de force la tante
Rose. N'essayez pas de le nier... je sais tout... vous en aviez
fait la promesse à votre cousine !

A cette déclaration inattendue, qui justifiait mon propre
pressentiment de la veille, je me retournai vivement vers Roger.

Il avait tout d'abord baissé les yeux et rougissait.

— Mais, reprenant presque aussitôt toute son assurance :

— Soit, dit-il, je l'avoue... Mais, vous le voyez bien, me
voici prêt à marcher à l'église ?

— Oui ! répliqua vertement la tante Rose. Oui, mais vous
avez hésité... vous n'aimez pas Bernardine !

— Oh ! quant à cela...

— Vous ne l'aimez pas, monsieur... non... vous ne l'aimez
pas !... car, à la veille de devenir son mari, vous vous étiez
laissé séduire par un autre amour, par le luxe, par la fortune...
Que sais-je encore, moi ? Vous aviez peur de la pauvreté, pour
du travail, peur du pain bis !... Oh ! oh ! je sais bien ce que
vous allez me dire : c'était un dernier moment de faiblesse, et
j'en ai triomphé !... aujourd'hui... soit... Mais vous vous en
repentiriez dès demain et pour Bernardine, pour tous les gens
de cette maison, pour vous-même, ce serait le malheur !

Et, comme le vicomte essayait vainement une réponse pleine
d'embarras, la vieille paysanne poursuivit, avec plus encore
de conviction et de touchante autorité dans la voix :

— Monsieur le vicomte, il est des caprices que les jeunes
gens de votre classe peuvent se permettre, mais il en est d'autres que l'honneur leur défend. Et le jour où vous vous êtes
embarqué dans la tempête avec le pauvre Pierre Terruel, le
jour où vous l'avez fait périr... lui, un père de famille... ce
jour-là, vous commettiez une moins mauvaise action que celle
que vous voulez accomplir aujourd'hui !

A ce terrible souvenir, Roger se voila la tête dans les deux
mains, et poussa un cri étouffé.

Quant à la tante Rose, sublime de bon sens et de foi, elle
leva ses yeux suppliants vers le ciel, et, dans ce moment su-
prème, une fois encore elle pria.

Mais, tout à coup, la porte se rouvrit violemment du dehors,
et Pétronille, tout effarée, se précipita dans la chambre, en
criant :

— Tante Rose ! tante Rose ! en voici bien d'une autre main-

tenant ! Jacques qui veut partir, avant même la cérémonie !
Maître Cotentin le retient depuis un instant, mais je doute
qu'il y suffise, le cher homme ! Qu'est-ce qu'il faut faire ?

La tante Rose ferma les yeux, comme pour mieux encore
se recueillir. Puis, avec un accent bref et résolu :

— Fais descendre Bernardine ! commanda-t-elle. Bernardine seule peut retenir Jacques... Et s'il s'obstinait encore
au départ, eh bien... dis tout !

— Enfin ? souffla joyeusement Pétronille.

Et, précipitamment, elle disparut.

Nous allions demander une explication.

— Silence ! fit la tante Rose, en approchant une oreille du
plancher, comme pour chercher à entendre ce qui allait se
passer en bas.

Puis un vague souvenir paraissant la frapper tout à coup,
elle se pencha davantage encore, promena sa main sur les
vieilles planches vermoulues, et, sous l'étroit tapis placé devant la table, finit par retrouver un ancien judas, dont elle
fit aussitôt, mais sans bruit, sauter la planchette avec la pointe
de son couteau.

Curieusement inclinés vers elle, nous suivions en silence
chacun de ses mouvements.

L'ouverture une fois rétablie, elle y plongea ses regards la
première ; mais, après quelques secondes à peine, la démas-
quant pour nous :

— Regardez... et écoutez !... dit-elle à voix basse.


XXV


Le vieux judas, oublié sans doute depuis des années, donnait précisément au-dessus de la grand'salle, mais pour ceux
qui se trouvaient en bas, devait rester invisible et comme
perdu dans les sombres embrasures des grosses solives enfu-
mées.

Nous n'aperçûmes tout d'abord que deux personnes : maître Cotentin et Jacques.

Jacques tenait sa valise de voyage à la main droite, et de
l'autre cherchait à écarter le notaire, qui, très-énergique-
ment, lui défendait le passage.

— Non ! disait-il en même temps, non, Jacques... je ne vous
laisserai pas partir encore... c'est ma consigne ! Un peu plus
tard, je ne dis pas... mais avant que le oui fatal ne soit pro-
noncé, ce serait par trop fort !

— Il le faut, vous dis-je, répliquait avec une fiévreuse irri-
tation l'obstiné voyageur. J'avais espéré pouvoir être présent
au mariage. Je l'avais même promis, j'en conviens... Mais décidément je ne veux pas... Je ne puis pas !... Voyons, maître
Cotentin, voyons... je vous en supplie !

— Inflexible, vous dis-je !... ripostait le notaire. La garde
meurt mais ne se rend pas... Soyez donc raisonnable... Atten-
dez au moins que...

Il n'acheva pas. Nous ne pouvions voir toute l'étendue de
la grand'salle, mais au brusque changement des physiono-
mies, au bruit surtout des gros sabots de Pétronille nous com-
prîmes aussitôt que Bernardine était là.

— Ma filleule !... s'écriait effectivement le notaire. Ah ! ma
filleule, venez donc à mon aide, et faites entendre raison à cet
entêté-là, qui veut à toute force prendre la fuite...

Ces derniers mots étaient superflus, Jacques ne songeait

plus à fuir. Tourné maintenant vers l'autre porte, il restait immobile, charmé, comme en extase.

Oh ! je ne m'en étonnai nullement, allez... car Bernardine arrivait déjà dans l'espace exposé à nos regards... Bernardine en mariée... et sous cette blanche robe, sous ce voile blanc, le front ceint de la chaste couronne de fleurs d'oranger... Jamais, non jamais encore elle ne m'était apparue si belle !

Elle marchait lentement, comme ces séraphiques fiancées que l'on voit en rêve, et, sans avoir dit un seul mot, elle vint poser une main sur l'épaule de Jacques, qui tressaillit à ce contact, et devint plus pâle encore.

Puis, les yeux dans les yeux et d'une voix triste, elle lui dit :

— Jacques... mon ami... mon frère... Ah ! c'est mal, et vous m'affligez bien le cœur... Mais pourquoi donc cet empressement ?... pourquoi donc vouloir me quitter ainsi ?

— Pourquoi ?... fit Jacques, avec un premier élan involontaire, avec un vrai cri de douleur arraché de l'âme... Pourquoi ?...

Mais, effrayé sans doute du mot qui lui montait aux lèvres, il se cacha tout à coup le visage dans ses deux mains, et se tut.

Oui... Mais Pétronille était là. Pétronille avait carte blanche, et sa grosse et franche voix fit spontanément explosion au milieu du silence, afin d'achever l'aveu de Jacques :

— Eh pardine !... s'écria-t-elle enfin, c'est parce qu'il ne se sent pas la force de vous voir en épouser un autre, parce qu'il avait espéré que votre mari, ce serait lui... parce qu'il vous aime !

A ce dernier mot, qui, pour Bernardine, éclairait soudainement le passé, elle se recula comme au bord d'un abime, et, les mains en avant, le corps tout palpitant, la voix toute brisée :

— Jacques, fit-elle. O mon Dieu ! Jacques... Jacques, est-ce vrai ?

Jacques eut un dernier mouvement pour fuir ; une dernière fois, le notaire l'arrêta. Puis, répondant à sa place :

— Bernardine, dit-il, oui, mon enfant, c'est la vérité.

Alors, alors Jacques devint vraiment sublime. Il démasqua tout à coup son visage magnifiquement crispé par la douleur ; il se redressa vaillamment de toute la hauteur de sa taille, il secoua sa crinière de lion, et de toute la puissance de ses forces, luttant avec héroïsme contre l'évidence qui l'écrasait, contre les révoltes désespérés de son propre cœur :

— Ne les croyez pas, Bernardine ! s'écria-t-il ! ils vous trompent, ils mentent... Ce n'est pas vrai... Non... je ne vous aime pas ! Comme un ami, comme un frère, oui... oh ! oui ! Mais autrement, est-ce que c'est possible ?... Est-ce que les loups songent à épouser les colombes ?... Non... non... je veux m'en aller... mais tout simplement parce que mon heure est venue, parce que la marée n'attend pas, parce qu'il y va de mon intérêt... et l'intérêt, pour moi, c'est tout... parce que je dois partir !...

Il s'arrêta tout à coup.

Dans le lointain, les cloches de l'église commençaient à sonner pour le mariage.

A ce bruit, toute l'énergie factice de Jacques tomba comme par enchantement. Son front se courba, ses genoux ployèrent, tout son corps se prit à trembler, toutes les larmes amassées dans son cœur jaillirent de ses yeux. Le géant était vaincu.

— Ces cloches ! s'écria-t-il d'une voix convulsive, haletante, éperdue, ces cloches... oh ! je le savais bien, moi, que je ne pourrais pas les entendre !... Elles m'entrent dans les oreilles... elles me sonnent dans le cœur !... Et ils se sont tous conjurés pour me retenir ici... Oh !... les méchants, ils ont voulu voir pleurer un homme ! Eh bien ! eh bien ! soyez sa-

tisfaits... Oui, je l'avoue... j'aimais Bernardine... oui je l'aime... je l'aime ! et je souffre horriblement... oh ! ces cloches... ces cloches... et j'en deviendrai fou... et j'en mourrai... j'en mourrai !

Puis en proie à la terrible crise de la force terrassée par le désespoir, il tomba accroupi sur le seuil, et se prit à sangloter comme un enfant.

Quant à Bernardine, elle s'agenouilla lentement auprès de Jacques, et, le cœur brisé, les yeux au ciel :

— Mon Dieu ! dit-elle, comment avez-vous pu permettre que je ne devine rien... que je ne comprenne rien ? Oh mon Dieu ! pardonnez-moi !

A l'étage supérieur, la tante Rose referma le Judas, et se relevant en face du vicomte :

— Souvenez-vous des roches Noires, lui dit-elle. Il vous a sauvé la vie !

## XXVI

Peindre l'émotion de Roger, ce serait impossible.

— Ne me parlez pas de cela, voulut-il répondre à la tante Rose. Oh ! ne m'en parlez pas...

— Pourquoi donc me tairais-je ? reprit-elle avec une émotion croissante. C'est votre devoir de m'entendre, et c'est le mien de continuer. Oui, — car j'ai ma part de faute aussi dans tout cela : — j'aurais dû me défier de vous, pressentir ce qui résulterait de votre séjour trop prolongé au Mesnil... Mais non... bien loin de là, connaissant l'amour de Jacques, je me suis bercée de l'espoir que votre reconnaissance lui viendrait en aide auprès de Bernardine, et voilà pourquoi j'avais commencé à vous prendre pour confident. Aveugle que j'étais !

Lorsque la façon dont tournaient les choses s'est révélée à moi, il était trop tard pour vous avertir ; mais il est temps encore aujourd'hui de vous supplier. Monsieur le vicomte, vous êtes léger, mais vous êtes bon. N'éternisez pas le malheur dans cette maison où vous aviez été reçu comme un... Pitié pour Jacques, qui vous a arraché à la mort. Pitié pour Bernardine, qui ne saurait être longtemps heureuse avec vous. Oh ! vous le savez bien !... Pitié pour une vieille femme de quatre-vingts ans, qui n'est pas votre ennemie, vous le reconnaitrez plus tard, et qui se prosterne devant vous, des larmes plein les yeux et les mains jointes !

— Mais, demanda Roger tout éperdu, mais que voulez-vous donc que je fasse ?

La tante Rose se releva lentement, et alla ouvrir la fenêtre, qui, donnant sur les derrières de la maison bâtie en pente, se trouvait à peu de distance du sol.

Non loin de là, de l'autre côté de la haie il y avait une calèche découverte.

Dans cette calèche, Anastasie et son père.

Au bruit de la fenêtre, celui-ci se releva vivement, et, par un geste éloquent, montra sa fille, qui tendait les bras au vicomte.

Fontanelle eut un premier mouvement très-marqué vers elle.

— Voici ma réponse ! dit la tante Rose.

Roger tressaillit, passa les mains sur son visage, puis fiévreusement demanda :

— Mais comment faire comprendre à Bernardine... quel moyen employer aujourd'hui, au moment même du mariage ?

— Ce qui ne peut se dire, on l'écrit ? répondit la tante Rose, en indiquant la table où se trouvaient précisément du papier blanc, de l'encre et des plumes.

— Écrire... quoi ? balbutia Roger.

Et il me regardait.

— Es-tu bien décidé ? questionnai-je.

Il y eut un silence.

— Oui... dicte.

— Oh ! quelques mots seulement..

« J'ai tout entendu, et je pars... épousez Jacques !... »

Après un dernier temps d'arrêt, le vicomte écrivit et signa.

Je passai le papier à la tante Rose.

— Fidèle ! appela-t-elle aussitôt.

Déjà l'intelligent animal s'était redressé devant elle, l'œil en joie, la queue frétillante et la gueule entr'ouverte pour recevoir la lettre. On eût dit vraiment que, lui aussi, avait pris part à la scène, et qu'il était tout glorieux d'y jouer à son tour un rôle.

— Pour Bernardine ! commanda la tante Rose.

Fidèle jappa en guise de réponse, prit délicatement la missive entre les dents, courut tout d'abord à la porte, et, la trouvant fermée, sauta lestement par la fenêtre.

— Vite ! vite ! balbutia le vicomte avec une sorte d'effroi. Fuyons... mais par où ?

— Eh... parbleu ! m'écriai-je. Fidèle vient de te montrer le chemin.

Et je le poussais en même temps vers la fenêtre.

Il baissa les yeux vers le plancher, comme pour adresser un dernier regard d'adieu à Bernardine... Il eut un soupir, une larme, puis il sauta.

Et presque aussitôt, au milieu du bruit de la calèche qui l'emportait au galop, nous entendîmes retentir le double cri triomphant du Maniquet et de la Maniquette.

Mais déjà mon attention était ailleurs, mais déjà j'étais retourné vers la tante Rose, qui, pour la seconde fois, venait de soulever le judas.

Bernardine et Jacques étaient encore dans la même attitude, ou du moins à peu près.

Fidèle arrivait auprès de sa jeune maîtresse. Il se frotta contre elle à plusieurs reprises ; à plusieurs reprises il lui souleva le coude du bout de son museau.

Bernardine enfin se retourna vers le chien, et, dans le sourire de ses lèvres joyeusement retroussées, aperçut la lettre.

Avec étonnement, elle la prit, la déploya lentement, la lut, la relut encore.

Comprenant enfin, elle se redressa tout à coup, porta la main droite à son cœur, et de l'autre se cacha le visage dans son voile de mariée.

Puis, au bout d'un instant, elle reparut, un peu pâle peut-être, mais calme déjà, rassérénée, souriante... et frappant sur l'épaule de Jacques, elle lui présenta la lettre en disant :

— Lisez, Jacques... lisez !

Jacques obéit machinalement, et lorsqu'à son tour, il eut tout deviné, à son tour il se releva avec ce cri :

— Partir... lui !... et dans ce moment, et ce serait pour moi... Oh ! mais non !... Vous l'aimez... je cours, et je vous le ramène...

Bernardine l'arrêta.

— Non !... dit-elle avec une douce voix dans laquelle semblait s'éteindre une illusion perdue, mais aussi renaître une volonté généreuse, non... Jacques... Il a sagement agi... C'était un rêve ! J'oublierai... Mais il me faut un peu de temps... Partez aussi, Jacques... non plus comme un malheureux qui s'exile à tout jamais, mais comme un ami auquel l'amitié réserve un heureux retour, mais comme un fiancé qui sait que sa fiancée l'attend !

Puis, comme Jacques la regardait, frémissant et incrédule encore, elle détacha de sa ceinture son bouquet de mariée, et le lui tendit en disant :

— Rapportez-le-moi dans six mois, Jacques.

En même temps, à mes côtés, la tante Rose s'agenouillait, en s'écriant :

— Oh ! Notre-Dame-de-Grâce, soyez bénie, vous avez exaucé ma neuvaine !

## XXVII

Après d'une année de là, vers les premiers jours du printemps, on me remit une carte de visite, sur laquelle je lus ce nom : JACQUES GRANDCHAMP.

Je m'empressai de faire entrer.

C'était bien le fermier du Mesnil, mais tellement dégrossi, tellement civilisé, tellement changé à son avantage, qu'avant même qu'il n'eut pris la parole, je m'empressai de lui adresser mes sincères compliments.

— Que voulez-vous ? me répondit-il, avec une souriante mélancolie. La douleur épure, et l'espérance fait des miracles. J'ai beaucoup voyagé, beaucoup réfléchi, beaucoup travaillé. Je rapporte en moi de quoi métamorphoser aussi le Mesnil, car si Bernardine n'est pas complètement heureuse, je veux du moins qu'elle soit riche et considérée dans le pays... Croyez-vous qu'il soit temps de retourner là-bas ?... voulez-vous y revenir avec moi ?

— Oui... pour vous, Jacques. Mais non... pour moi. Il y a des délicatesses dans le cœur des femmes, qu'il faut savoir respecter, et quelque morts que soient les souvenirs, on ne doit jamais réveiller leurs ombres. Passons ensemble cette journée, demain vous partirez seul.

— Merci, fit-il en me serrant la main. Mais sitôt de retour, je vous écrirai.

Quelques jours plus tard, effectivement, je reçus à peu près cette lettre :

« Vous aviez raison. Bernardine est un ange, et je crois fermement que nous serons heureux. »

Puis, en post-scriptum, il y avait :

« Quand je suis arrivé, c'était le soir, et Pétronille, qui mettait le couvert, a laissé tomber une assiette. Mais pour me prouver qu'elle ne la regrettait pas, celle-là, dans l'excès de sa joie, elle a volontairement... triomphalement cassé la soupière. »

Des années s'écoulèrent, et j'eus occasion de voir que Jacques se tenait glorieusement parole.

D'abord, ce furent les journaux de Normandie qui m'apprirent que Jacques Grandchamp devenait l'un des premiers agriculteurs, l'un des premiers éleveurs de la vallée d'Auge.

Puis, un jour, et cette fois dans *le Moniteur*, je lus :

« M. Jacques Grandchamp vient d'être élu membre du conseil général. »

Un autre jour :

« M. Jacques Grandchamp vient d'être nommé chevalier de la Légion-d'Honneur. »

Et je me disais en me frottant les mains :

— Bravo ! ce sont là des honneurs aussi, et Bernardine n'aura pas même à regretter son titre de vicomtesse !

Mais, quelque envie que j'eusse de revoir le Mesnil, je me rappelais ce que j'avais dit à Jacques, et je tenais bon.

D'un autre côté, pour des motifs à peu près identiques, j'avais perdu de vue Fontanelle, lorsqu'un hasard me ramena cet automne à Trouville.

Naturellement j'allai visiter l'église nouvellement construite, et là, un spectacle assez étrange m'était réservé.

Une petite baigneuse, outrageusement crinolinée, s'était prise entre deux bancs ni plus ni moins qu'un ballon entre deux branches, et l'on riait, autant toutefois que le permettait la sainteté du lieu, des infructueux efforts que faisait pour se dégager la trop ample prisonnière.

Enfin, le sauvetage fut opéré.

Et sous un amas de volants, de falbalas à faire reculer une des biches de Bréda-Square, je reconnus avec stupeur la vicomtesse de Fontanelle.

Mais elle n'avait plus besoin de jouer la comédie maintenant pour piper son vicomte, et sa disgracieuse humeur s'étalait en toute liberté sur un visage revêche, anguleux, et déjà couperosé comme celui d'une Anglaise affligée d'un faible alcoolique. Pour des yeux naïfs, les articles et les pompes de la toilette dissimulaient encore tout cela, mais il ne fallait avoir qu'un regard tant soit peu connaisseur pour se dire immédiatement :

— Voilà une de ces femmes qui, au moral comme au physique, ont toujours des cors en été, toujours en hiver des engelures.

Pour surcroît de surprise, elle était escortée du même Hollandais qu'il y avait dix ans, du même Vanstract, toujours aussi majestueusement solennel que par le passé.

Il va sans dire qu'il rentrait dans la catégorie des yeux naïfs.

— Tiens... tiens !... pensai-je aussitôt. Est-ce que par hasard il prendrait sa revanche ?

Au même moment, une main me frappa sur l'épaule. Je me retournai... c'était le vicomte !

Pauvre Fontanelle ! lui aussi, il n'avait pas changé à son avantage, et, bien que toujours très-élégamment accommodé, ce n'était plus mon pimpant et joli vicomte d'autrefois !

Son teint avait déjà perdu les fraîches couleurs de la jeunesse; ses cheveux allaient se raréfiant sur les tempes, son regard surtout révélait un incurable et profond désenchantement de toutes choses !

Hélas ! ses confidences (et cette fois encore il m'en conta fort long) ne me firent nullement revenir sur son compte. Quelle différence avec celles d'il y a dix ans !

La Maniquette était une véritable harpie, qui le rendait horriblement malheureux, et, qui plus est, fort ridicule... lui !

Il n'y avait pas jusqu'à la fortune... ce prétendu bonheur,

si chèrement acheté, qui n'eût été pour Fontanelle un faux clinquant, qui ne menaçât même de lui devenir une déception complète !

L'oncle Maniquet, qui avait cru devoir conserver l'administration de la dot de sa fille, s'était lancé dans des spéculations hasardeuses, et le soir même on attendait une lettre qui peut-être serait la ruine.

— Ah ! soupira le vicomte, en terminant son douloureux récit, ah ! tiens... je veux revoir le Mesnil...

Bien que cette singulière fantaisie s'accordât avec mon propre désir, tout d'abord et vertement je m'y opposai.

Mais le pauvre Roger insista tellement... mais il me promit tant et si bien de rester à distance, d'être prudent, de ne pas se laisser voir, que je finis par consentir.

La nuit d'ailleurs approchait.

Nous nous mîmes en route par le chemin de la falaise

Jamais la mer n'avait plus doucement caressé la plage; jamais le ciel n'avait été plus pur, ni plus caressante la brise ; jamais les campagnes ne s'étaient endormies, plus vertes et plus délicieuses, aux derniers rayons du soleil ; jamais, dans les taillis et dans les haies, les oiseaux n'avaient plus mélodieusement chanté leur prière du soir !

— Il me semble que je chemine à travers un paradis perdu ! dit le vicomte.

Il faisait nuit close, lorsque nous arrivâmes. Mais, comme durant la riante semaine d'autrefois, la lune brillait à travers les vieux pommiers, et nous permit de reconnaître que, tout en conservant sa pittoresque originalité, le Mesnil s'était enrichi de nombreuses améliorations. Jacques en avait presque refait un château.

— Personne dans le verger ! dit le vicomte, qui regardait avidement par-dessus la haie ; rien que les animaux de la ferme. On dirait que ce sont les mêmes, et qu'ils sont encore à la même place que le dernier soir où nous avons tous les deux rêvé sous la fenêtre de Bernardine !

Puis, entrevoyant un passage à travers la clôture :

— Si nous allions plus loin ? fit-il tout à coup. Il y a de la lumière là-bas.

Vainement je voulus le retenir... il était déjà de l'autre côté.

Nous nous avançâmes précautionneusement vers la maison.

Trois fenêtres étaient éclairées, les fenêtres de la grande salle.

Les deux premières s'ouvraient sur le devant de la maison; l'autre, un peu exhaussée au-dessus du sol, dominait un monticule couronné de noisetiers.

De cette éminence, facile à l'accès, on devait parfaitement voir dans l'intérieur.

Déjà Roger commençait à monter sans bruit. Ne pouvant l'empêcher, je le suivis de même, mais tout en me disant à part moi :

— Il faut que Fidèle ne soit plus de ce monde... il n'aboie pas !

Je me trompais.

Dès mon premier coup d'œil dans la grande salle, plus confortablement ornée qu'autrefois, mais qui gardait encore son cachet patriarcalement rustique, je reconnus tout d'abord le vieux Fidèle, endormi devant le grand fauteuil de la tante Rose.

Mais l'auguste centenaire, ainsi que son vieux favori, conservaient tous les deux une étrange immobilité.

Seulement, les yeux de la tante Rose étaient ouverts, les yeux de Fidèle étaient fermés.

Tout à coup, une porte s'ouvrit dans le fond de la grande salle, et, précédée d'une joyeuse troupe de superbes enfants, Bernardine entra.

Les années, en passant sur elle, n'avaient fait qu'ajouter encore à sa resplendissante beauté.

Elle alla regarder l'heure à la gothique horloge, qui avait dû sonner celle de la naissance de Jacques; puis elle eut un mouvement d'épaules gracieusement boudeur. M. Grand-champ, sans doute, était en retard.

Alors, elle revint sur ses pas, embrassa pieusement la tante Rose, et la fit embrasser tour à tour par chacun des enfants; elle avait soulevé dans ses bras les plus jeunes.

Enfin, elle appela.

Un valet de ferme parut, et derrière lui... Pétronille, Pétronille devenue grasse et rubiconde à faire pâlir une tritonne de Rubens.

Sur un signe de Bernardine, les deux serviteurs soulevèrent le fauteuil de la tante Rose, et l'emportèrent dans une autre pièce, suivis de l'aîné des enfants qui, dans ses bras, avait pris Fidèle.

Ni Fidèle, ni sa vieille maîtresse n'avaient bougé.

Je compris tout.

La tante Rose était paralytique et complètement tombée en enfance. Mais, afin de ne pas affliger la faible lueur d'intelligence qui restait dans ses yeux, on avait conservé pieusement au pauvre animal les apparences de la vie. Il ne japait plus à son approche, il ne léchait plus sa main, mais elle pouvait encore le voir, mais de ses doigts inanimés elle le caressait encore.

Bernardine revint s'asseoir, et les enfants se groupèrent autour d'elle.

En ce moment, Jacques apparut tout à coup, précédé de deux grands épagneuls qui gambadaient autour de lui sur le seuil.

Il n'est personne qui n'ait vu le *Retour du père de famille*, de Greuze; il n'est personne qui ne se rappelle cette admirable jeune mère, tout enguirlandée de beaux et roses blondins... ce brave et joyeux père, arrivant de la chasse, et qui s'épanouit en admiration devant ce qu'il aime, ce vivant idéal du bonheur domestique, cette sublime apothéose du foyer!

Eh bien! le tableau qui s'étalait à nos regards, c'était cela.

— Et voilà quel pouvait être mon destin! murmura Roger tout en larmes! Oh! emmène-moi... emmène-moi d'ici bien vite!

Pendant tout le retour, il ne dit pas un mot.

La pompeuse villa des Hortensias était muette et vide. Nous appelâmes... personne. Nous entrâmes... il me fallut recourir à mon arsenal de fumeur pour éclairer le salon.

Deux lettres, étalées comme à dessein sur la table, frappèrent nos regards.

La première, de l'oncle Maniquet, avait apporté la confirmation d'une complète ruine.

La seconde était de la Maniquette qui, très-effrontément, annonçait que, pour sa santé délicate, les médecins venaient de lui conseiller un voyage en Hollande.

Roger se laissa tomber sur un fauteuil, et murmura:

— Ici, le luxe menteur, la vanité vaincue, la ruine!... Là-bas, le travail, l'amour, le bonheur! Oh! Dieu est juste!

Et, cachant sa tête dans ses deux mains, sans doute il revit passer à travers ses paupières humides la paradisiaque vision du Mesnil-au-Bois...

Sceaux. — Typ. et stér. M. et P...